U0080814

艾德加·愛倫·坡●著 ／ 陳語軒●編譯

〈I〉

驚悚大師

愛倫坡

Allan Poe

前言

艾德加·愛倫·坡（Edgar Allan Poe，一八〇九～一八四九），美國文學家，與安布魯斯·布林斯和H·P·洛夫克拉夫特並稱為美國三大恐怖小說家。此外，他還擁有多重身分：恐怖小說大師、偵探懸疑小說鼻祖、科幻文學先驅和早期象徵主義代表等。

愛倫·坡出生於一個戲劇家庭，本名艾德加·坡，幼年時父母雙亡，後由約翰與法蘭西絲·愛倫夫婦撫養長大，更名艾德加·愛倫·坡。早年，愛倫·坡一度就讀於維吉尼亞大學，後於一八三〇年五月進入西點軍校，因不滿軍校的壓抑生活，經常刻意違反校規，在一八三一年一月受軍事法庭審判後被開除。期間，愛倫·坡與其養父斷絕了關係。

或許是繼承自家庭的戲劇天分，加上幼年培養起來的不安全感與叛逆性格，使得愛倫·坡在文學上擁有獨特的氣質。被西點軍校開除之後，愛倫·坡開始真正從事文學工作，並以獨特的風格躋身小有名氣的文學評論家行列。一八四一年，愛倫·坡發表《莫格街謀殺案》，成為後世公認的偵探小說鼻祖。一八四五年一月發表了詩歌《烏鴉》，他那與眾不同的詩意與創作理念使他一夜成名。

儘管如此，愛倫·坡的一生卻懷才不遇。作為美國歷史上第一位職業作家，他終生只以寫作為生，因此長期處於困頓之中。一八四七年，愛妻維吉尼亞死於肺結核，愛倫·坡備受打擊，自此陷入酗酒與精神錯亂之中。兩年後的十月七日，愛倫・坡逝世於巴爾的摩，享年四十歲。關於他的死因眾說紛紜，一般人們認為是腦出血，但也有很多人猜測是酗酒、吸毒、霍亂、自殺和肺結核等原因。

愛倫・坡死後，他的名譽長期受到誹謗攻擊，但作品卻惠澤後人，流傳各國，對世界文壇產生了深遠的影響。後世不少文學家、作家和詩人都對愛倫・坡十分推崇，其中最著名的有偵探小說家柯南・道爾，法國象徵主義頂峰時代詩人波德賴爾、馬拉美，浪漫主義代表作家、《金銀島》的作者斯蒂文森，以及素有日本「偵探推理小說之父」之稱的江戶川亂步等。

愛倫・坡的懸疑小說在文學界獨樹一幟，以其離奇神祕、驚悚陰鬱的風格吸引了大批讀者，在世界文壇經久不衰。其中，發表於一八四一年的《莫格街謀殺案》是公認最早的偵探小說，作者以「密室兇殺」為中心點，展開了一系列精彩的推理。在隨後發表的《瑪麗・羅傑疑案》、《被竊的信》、《你就是殺人兇手》等作品中，作者更是將這種推理寫作模式發揮到極致。愛倫・坡這種獨創的寫作手法，使得後世偵探小說家絕少能脫其窠臼。此外，愛倫・坡還成功地塑造了業餘大偵探奧古斯都・迪潘這一形象，柯南・道爾筆下的福爾摩斯幾乎就是迪潘的翻版。

本書精選了愛倫・坡幾部驚悚懸疑的短篇小說，希望為愛倫・坡的文學愛好者和喜好驚悚推理小說的讀者提供一個更好的讀本。

contents

01 黑貓的詛咒 —— 07

我本來是個喜歡小動物的人，家裡也養了一隻可愛的黑貓。但後來我因為酗酒而變得暴躁異常，並挖掉了愛貓的一隻眼睛。終有一天，我親手將貓勒死了……

02 活葬 —— 21

一個年輕貌美的妙齡貴婦，一個身材健美的炮兵軍官，一個年輕有為的律師，他們在不同時間、不同地點卻發生了同樣被活葬的事件，這難道是魔鬼肆意屠殺？還是無意的巧合……

03 莫格街兇殺案 —— 37

我的朋友奧古斯都．迪潘是一個擅長分析的人。某天，他的朋友阿爾道夫．勒．本捲入了一宗兇殺案。為了不讓無辜的人受罪，他決定利用自己超人的分析能力幫助阿爾道夫．勒．本擺脫嫌疑。

04 黎明之約 —— 71

「公爵夫人——阿芙羅蒂提服毒身亡了！」聽到這個消息我頓時動彈不得、呆若木雞。怎麼會這樣？突然那句「等著我吧，我們在黃泉再會」又環繞在我的耳邊。難道，這就是他們的約定？

05 跳蛙 —— 83

有一個皇帝特別喜歡聽笑話，所以養了很多弄臣。為了博得皇帝的好感，小丑設計了一場化裝舞會。可是突如其來的八隻大猩猩在舞會造成了大騷動……

06 長方形盒子——95

我和老朋友懷特在船上相遇，他身邊的一個長方形盒子引起了我的注意。對於盒子裡的東西，懷特夫婦遮遮掩掩的，更引起了我的好奇心。但沒等我問出究竟，我們就遇上了風暴，不得不棄船逃生。只是盒子被留在了船上，懷特誓死要去取回它……

07 威廉之死——111

威廉回顧了自己的一生。在小學時，他的生命中就出現了一個同年同月同日生且同名同姓的人。那個人一直如影隨形，不斷與他作對，害得威廉身敗名裂。一天，威廉終於找到了和那個人決鬥的機會，一劍刺死了這個仇敵，卻發現……

08 瓦爾德瑪的病例真相——135

我一直對催眠術有著濃厚的興趣，尤其是『臨終催眠』。我勸身患絕症的瓦爾德瑪作我的實驗對象，在瓦爾德瑪臨終前，我來到他的病床前，成功地催眠了他。就在我決定喚醒瓦爾德瑪時，奇怪的事情發生了……

09 被竊的信——145

在我和迪潘還沉浸在瑪麗·羅傑謀殺案當中時，巴黎警察局局長G先生找上了我們，希望我們幫他找一封信。我和迪潘對此感到非常好笑，不知道為什麼一封信值得G先生這樣勞師動眾。

10 瑪麗·羅傑疑案——165

瑪麗·羅傑是位年輕漂亮的女子，她曾經失蹤過一次，但一週後便憔悴地回來了。大約半年後的一天，瑪麗再次失蹤，四天後人們在河上發現了瑪麗的屍體。這一案件引起了媒體的注意，各大報紙都爭相報導著……

驚悚大師愛倫坡

Allan-Poe

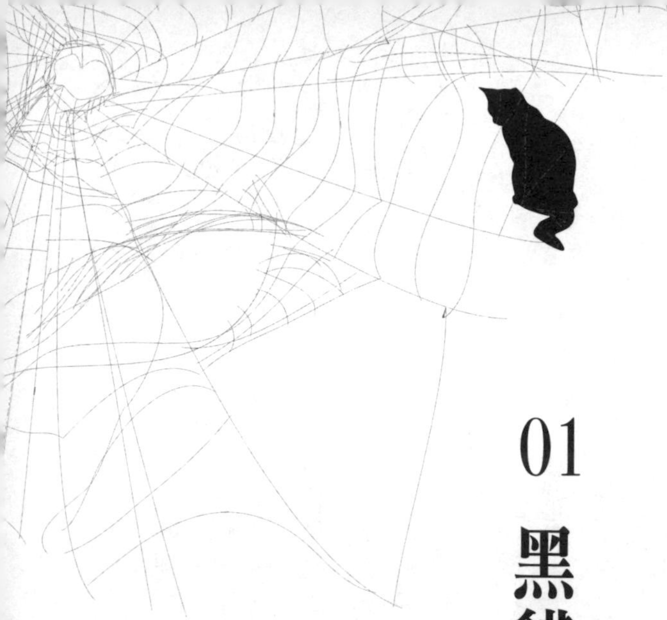

01 黑貓的詛咒

明天我就死到臨頭了，所以，我要趁今天把這件事說出來好讓靈魂安息。下面我要為你講的這個故事極其平凡，又極其荒唐。我並不奢望你能相信，因為我雖親身經歷此事，卻也都不相信它，又怎麼能指望別人相信呢？一定會有人以為我是瘋了，可事實上我沒有發瘋，而且這個故事確實不是夢。

這些事情聽起來就像家常瑣事，可由於這些事，我飽嘗驚嚇，受盡折磨，終於毀了一生。我不想詳細解釋什麼，雖然這些事對大多數人來說，無非是奇談，沒什麼可怕的，但對我來說非常恐怖。

我這樣誠惶誠恐、細細敘述的事情，在大家看來一定是一系列有其因必有其果的普通事罷了，但我仍然希望後世的有識之士不要把我說的這個故事當做無稽之談，而是能夠冷靜、條理分明地加以分析，讓我這樣慌慌張張講出來的故事能夠脈絡清晰起來。

我從小就是個心地善良、性情溫順的孩子，甚至因為心腸軟得出奇而成為小夥伴們開玩笑的對象。我特別喜歡動物，大部分時間都在和小動物玩。父母溺愛我，給我買了各種各樣的玩賞小動物讓我餵養。每當我餵食和撫弄它們的時候，就感到無比高興。我長大後，這種愛好並沒有隨年齡增長而消

01 黑貓的詛咒

滅。

我結婚很早，幸運的是，妻子跟我一樣喜歡小動物。她知道我偏愛飼養動物，所以看到中意的小寵物就會買回家。我們的寶貝包括小鳥、金魚、純種狗、小兔子、一隻小猴和一隻貓。

那隻貓非常好看，個頭很大，渾身烏黑，特別聰明有靈性，很討人喜歡。我妻子像許多女人一樣很迷信，她一說到貓的靈性，往往就會扯上古老的傳說，認為凡是黑貓都是巫婆變的。倒不是說我妻子對這事有多認真，我是想到哪裡說到哪裡。

這隻黑貓名叫布魯托，是我最喜歡的寶貝和朋友，我總是親自餵養它。我在屋裡走到哪裡，它就跟到哪裡，簡直成了我的小尾巴，連我上街它都要跟著，趕也趕不走。

我和布魯托的交情就這樣維持了好幾年。

可是後來，我染上了一個壞毛病——酗酒，這個毛病讓我的脾氣習性徹底變壞。我一天比一天喜怒無常，動不動就發脾氣，完全不顧及家人的感受，後來竟開始用不堪入耳的話辱罵妻子，最後還對她拳打腳踢。

我飼養的那些小動物也受到了牽連，我非但不再照顧它們，反而虐待它們。那些兔子，那隻小猴，甚至那隻狗，每次出於親熱乖巧地湊到我跟前來，卻總是遭到我肆無忌憚的欺負。

唯有對黑貓布魯托，我還有所憐惜，沒捨得下手。可是你知道，世上哪還有比酗酒更厲害的病啊，再加上布魯托年歲大了，脾氣也倔了，最終這隻可憐的老貓也成了我的出氣筒。一次大醉後，我甚至做出了一件魔鬼才會做的惡行。

那天我在城裡一個常去的酒館喝得酩酊大醉，半夜才回來。進門我就看到了布魯托，我以為這貓躲著我，很生氣，就一把抓住它。

它被我兇惡的模樣嚇壞了，下意識地往我手上咬了一口，但咬得並不重，只是留下了牙印。可我在酒精的作用下如惡魔附身般怒火中燒，原來那個善良的靈魂一下子飛出了我的軀殼。我看上去兇神惡煞，渾身不知從哪竄出一股狠勁——我從衣服口袋裡掏出一把折疊刀，打開刀子，攥住那可憐的畜生的喉嚨，惡狠狠地把它的眼珠剜了出來！

你能想像出這該死的暴行是多麼殘忍，回想到這裡，我不禁面紅耳赤、不寒而慄。我昏昏沉沉地睡了一夜，第二天早晨酒才醒。

我從床上爬起來，神志清醒了。我對自己的所作所為追悔莫及，但這至多不過是一種淡薄而模糊的感覺而已，我的靈魂還是毫無觸動。我繼續狂飲濫喝，一旦沉湎醉鄉，所作所為就會全部忘光。

布魯托的傷漸漸好了，剜掉眼珠的那只乾癟的眼眶看起來十分可怕。看來它再也不感到痛了，照常在屋裡走動，只是一見我走近，就嚇得拼命逃走。我畢竟天良未泯，看見過去那般親近我的畜生會這樣嫌惡我，不免感到傷心，但是這股傷心之感很快就變為惱怒。到後來，那股邪念又起了，且終於一發不可收拾。

哲學上並沒有給予這種邪念以足夠的重視，不過我深信這種邪念是一種微乎其微的原始本能，是人心本能的一股衝動，人的情緒、性格就是由它來決定的。

誰沒有在無意識的情況下做過很多壞事或蠢事呢？這樣做時並沒有什麼特殊的原因，哪怕我們明知這樣會犯法，仍會無視後果，有股拼命想去以身試法的邪念。唉，就是這股邪念最終斷送了我的一生。

正是出於內心這股莫名的想做壞事的渴望，我對那只無辜的畜生繼續下著毒手，最後害它送了命。

在一天早晨，我狠心地用一根套索勒住貓的脖子，把它吊在樹枝上，活生生地把它吊死了。我眼淚汪汪，心裡非常難受。

我會做出這種事，就是因為我知道這貓愛過我，就是因為我覺得這貓沒有冒犯過我。這是一種非常微妙的感情，我難以言喻。

我知道這是犯罪，並且是該下地獄的大罪。罪過之大，足以讓我原本永生的靈魂永世不得超生，就連仁慈的上帝都無法赦免我的罪過。

就在我犯下這樁傷天害理事情的當天晚上，我被叫喊聲驚醒——失火了。我床上的帳子已經著了火，整棟屋子都燒著了。我跟妻子，還有一個傭人好不容易才從這場火災中逃了出來。這場火燒得真徹底，我的全部財物化為烏有，我萬念俱灰。

失火的第二天，我去廢墟裡查看。牆壁幾乎都燒毀倒塌了，只有一道牆還挺立著。我走近一看，原來是靠近我床頭的那堵牆，這堵牆厚倒不太厚，只是正巧在屋子中間，牆上的灰泥擋住了火勢，因為這牆是新粉刷的。

牆前密密麻麻地圍了一堆人，看來有不少人正非常仔細地研究這堵牆。只聽得大家連聲喊著「奇怪」之類的話，我不由感到好奇，也走了過去。

白壁上赫然有個偌大的淺淺的貓形浮雕。這貓刻得惟妙惟肖，與布魯托一絲不差，貓脖子部位還有一根絞索。

我一看到這幅浮雕，便不由得驚恐萬分，簡直以為自己活見鬼了，但細細想了想，我又放下了懸著的心。我記得，這貓就被我吊在房子旁邊的花園裡。火警一起，花園裡就擠滿了人，應該是誰把貓從樹上解下來，從開著的窗戶扔進我的臥室，他這樣做可能是打算弄醒我。另外幾堵牆倒下來，正巧把我折磨死的貓壓在新刷的泥灰牆上，牆上的石灰在烈焰和屍骸發出的氨氣的作用下，形成了這幅這讓我心驚的浮雕。

就這樣，這件事情被我的自圓其說解決掉了，但是良心上的折磨，使我好幾個月都擺脫不了那貓的幻象的糾纏。在這期間，我滋生出一股說是悔恨又不是悔恨的模糊情緒，我甚至開始後悔害死了這隻貓。我開始有意識地在經常出入的酒館等處物色與布魯托長得差不多的黑貓，想帶回家飼養以彌補心中的愧疚。

一天晚上，我醉醺醺地坐在一個下等酒館裡，忽然在酒館一件重要的傢俱——一個盛放琴酒或朗姆酒的大酒桶上，看到個黑糊糊的東西。我剛才一直在目不轉睛地盯著大酒桶，奇怪的是竟然沒有及早看出那上面有東西。

我走近它，用手摸摸。原來是隻黑貓，長得很大，個頭跟布魯托完全一樣，而且長得極其相像。唯一不同的是布魯托全身沒有一根白毛，而這隻貓幾乎整個胸前都長滿模糊的白斑。

我一摸它，它就高興地跳了起來，咕嚕咕嚕直叫，身子在我手上一味地蹭著，表示對於我的愛撫它很高興。這貓正是我夢寐以求的，我馬上和酒館老闆商量，說想買走它。誰知道老闆說這貓不是他家的，他甚至從沒見到過它，所以也沒有開價。

我又摸了摸這隻貓，準備動身回家。沒想到，這貓卻流露出要跟我走的樣子。我就讓它跟著，一面走一面不時彎下腰去摸摸它。

這貓在我家表現得很乖巧，一下子就博得了妻子的歡心。

至於我，不久就對這貓厭惡起來了。這出乎我的意料，我也不知道自己這是怎麼了，也講不出什麼道理。這隻貓對我特別眷戀，我見了反而又討厭又生氣，漸漸的，這些小反感竟演變成深惡痛絕。

我為自己莫名其妙的想法感到羞愧，再加上回想起早先犯下的殘暴罪行，所以我儘量避開這貓，不去動手欺負它，我甚至堅持了好幾個星期沒去打它，也沒有粗暴地虐待它。但是時間越久，我對這貓的厭惡就越深，一見到它，我就像躲避瘟疫一樣溜之大吉。

事實上，使我更加痛恨這畜生的原因，就是我把它帶回家的第二天早晨，發現它竟同布魯托一樣，被剜掉了一個眼珠。可是，我妻子反而因為這個格外喜歡它，因為我妻子是個富有同情心的人。原先我身上也具有這種美德，它曾使我感受到生活中的諸多樂趣。

我對這貓越來越討厭，它對我卻越來越親熱，與我寸步不離，那種黏糊勁兒簡直讓人無法想像。只要我一坐下，它就會蹲在我椅子腿邊上，或是跳到我膝蓋上撒嬌，這實在是太討厭了；我一站起來走路，它就纏在我腳邊，差點把我絆倒；要麼就用又長又尖的爪子鉤住我的衣服，順勢爬上我的胸口。我雖然恨不得一拳把它揍死，可這時候，我還是不敢動手，因為我想起自己早先犯下的罪過，更主要的原因還在於——乾脆我明說吧——我對這畜生害怕極了。

這種害怕並不是怕皮肉受苦，可要想說個清楚也確實為難。我簡直不好意思承認——唉，即使如今身在死牢，我也不好意思承認，這貓引起了我關於恐怖的想像。

我妻子不止一次要我留神看它胸前的那片白毛。想必各位還記得，我前面提過，這隻貓跟我之前殺掉的那隻貓的唯一區別就是這片白毛。

這片白毛雖大，可是模模糊糊的，但是後來，這白毛的輪廓在不知不覺中竟變得明顯了，看起來就像一個恐怖東西的幻象——一個絞刑台！哎呀，這是多麼可悲，多麼可怕的刑具啊！這是恐怖的刑具，正法的刑具！這是叫人受罪的刑具，送人死命的刑具呀！

我一提起這東西的名稱就不由得渾身發毛。正因如此，我對這怪物特別厭惡和懼怕，要是我有膽量，早把它殺死了。

我落到要多倒楣有多倒楣的地步，我若無其事地殺死了一隻沒有理性的畜生，而它的同類，一隻沒有理性的畜生竟給我——一個按照上帝形象創造出來的人，帶來那麼多不堪忍受的恐懼！無論白天還是黑夜，我再也不得安寧。白天，這畜生片刻都不讓我安寧；黑夜，我時時刻刻都會從無法形容的噩夢中驚醒。這東西一湊上來往我臉上噴熱氣，我就會覺得心頭彷彿壓著千斤大石，簡直就像夢魘活生生地站在我面前！

我忍受著痛苦的煎熬，心裡僅剩的一點善性終於喪失了，邪念佔據了我的內心。我腦子裡一天到晚都充滿著極為卑鄙齷齪的邪惡念頭，我的脾氣自酗酒後便喜怒無常，如今發展到痛恨一切事、痛恨一切人的地步。我盲目放任自己，往往動不動就突然發火，管也管不住。唉，最倒楣的，就屬我那默默忍受折磨而毫無怨言的妻子了。

由於家被大火燒得一無所有，我們只好住在一棟老房子裡。有天，為了一點家務事，她陪著我到這棟老房子的地窖裡去。這貓也跟著我走下那陡峭的階梯，害得我差點兒摔個倒栽蔥。我氣得發瘋，向它掄起了斧頭——盛怒中我忘了自己對這貓還懷有幼稚的恐懼——對準這貓一斧砍下去。要是當時真按我的心意砍下去，不用說，這貓當場就完蛋了。誰知，我妻子伸出手來一把拉住了我，我正在氣頭上，被她一攔更加暴跳如雷，於是掙脫她的胳膊，對準她的腦袋就砍了一斧，可憐她哼也沒哼一聲就當場送了命。

既然做了殺人的勾當，我索性盤算起藏匿屍首的事。我知道無論白天還是黑夜，要把屍首搬出去，都難免會被左鄰右舍撞見。我在心裡盤算了不少計畫，一會兒我想把屍體剁成小塊燒掉，來個毀屍滅跡；一會兒，我到院子中的井邊去，想把屍體丟進去；我還打算把屍體當做貨物裝箱，雇個挑夫把它搬出去。最後，我突然想出了一條萬全之策，我打定主意把屍首砌進地窖的牆裡，聽說中世紀的僧侶就是這樣把殉道者砌進牆裡的。

在這個地窖裡做這件事真是再合適不過了，牆壁結構很鬆，最近才用粗灰泥全部刷過，因為地窖裡潮濕，灰泥至今還沒有乾透，而且有堵牆因為有個假壁爐而凸出一塊，已經封死了，做得跟地窖別的部分一模一樣。我應該不費什麼勁就能把這個地方的牆磚挖開，將屍首塞進去，再照舊把牆完全砌上，保證什麼人都看不出破綻來。

說做就做，我用一根鐵棍一下子撬掉了磚牆，再仔仔細細地把屍首貼著裡邊的夾牆放好，讓它撐著不掉下來，然後沒費半點事就把牆照原樣砌上了。我弄來了石灰、黃沙和其他材料，調配了一種跟舊灰泥分別不出來的新灰泥，小心翼翼地把它塗抹在新砌的磚牆上。

這堵牆居然一點都看不出動過土的痕跡，地上的垃圾也仔仔細細地收拾乾淨了。我得意揚揚地朝四下看看，不由對自己說：「這下子到底沒有白忙啊！」

接下來我就要尋找給我招來那些災害的禍根，不過我怎麼找也沒找到，估計是我剛才大發雷霆的時候，那個鬼精靈見勢不妙就溜了，眼下當著我這股火性，它自然不敢露臉。這隻討厭的畜生終於不在了，我心頭壓著的大石頭也終於放下了。這種愉快的心情實在無法形容，也無法想像。

到了夜裡，那貓還沒露臉，就這樣，自從那貓來到我家以來，我終於踏踏實實地睡了一個安穩覺。唉，儘管我心靈深處為殺人害命深深自責，但我還是睡著了。

過了第二天，又過了第三天，這隻折磨人的貓還是沒有回來，我重新像個自由人那樣呼吸。那隻鬼貓嚇得從屋裡逃走了，一去不回了！眼不見為淨，這份樂趣就別提有多大了！雖然我犯下滔天大罪，但心裡竟然沒有不安，員警來調查過幾次，我三言兩語就把他們搪塞過去了，他們甚至還來抄過一次家，可是查不出半點線索來，我就此認為可以安枕無憂了。

到了我殺妻的第四天，屋裡突然又闖進了一幫員警，他們嚴密地搜查了一番。不過，我認為藏屍地方那麼隱蔽，他們一定找不到，所以一點兒也不慌張。那些員警命令我陪同他們搜查，他們搜查得很仔細，連一個角落也不放過，搜到第三遍、第四遍時，他們終於走下地窖。可我泰然自若，毫不緊張，自以為平生不做虧心事，半夜不怕鬼敲門。

我的心如此平靜，抱著胳膊若無其事地在地窖中走來走去。員警完全放了心，正準備要走。我心花怒放，樂不可支，為了表達這種得意，我特別想開口說話，哪怕說一句也好，這樣就更可以叫他們放心地相信我無罪了。

那些人走上階梯，我終於開了口：「先生們，謝謝你們幫我擺脫了嫌疑，我感激不盡。謹向你們表示感謝，還望多多關照。各位先生，順便說一句，這屋子結構很牢固。」我一時頭腦發昏，隨心所欲地信口胡說，連自己都不知道自己在說些什麼。「這棟屋子可以說結構好得不得了，這幾堵牆——幾位先生，要走了嗎——這幾堵牆砌得很牢固。」說到這裡，我一時昏了頭，故作姿態，竟然隨手拿起一根棍子，使勁敲著藏著我妻子遺骸的那堵磚牆。

主啊！求您把我從惡魔口中拯救出來吧！我敲牆的迴響餘音未了，就聽得牆裡發出了聲音！斷斷續續，像個小孩在抽泣，隨即一下子變成連續不斷的高聲長嘯，這是一聲哀號一聲悲鳴，半似恐怖，半似得意，只有墮入地獄的受罪冤魂的痛苦慘叫和魔鬼見了冤魂遭受天罰的歡呼混雜起來，才能與這聲音媲美。

我當時頭昏眼花，踉踉蹌蹌地走到那堵牆邊上。階梯上的那些員警大驚失色，嚇得要命。過了一會兒，他們反應過來，全都衝向了那堵牆。十幾條粗壯的胳膊忙著扒開磚塊拆牆，一下子的時間，那堵牆被扒開了，那具凝滿血塊、已經腐爛不堪的屍體，赫然呈現在大家面前。而那隻可怕的畜生就坐在屍體的頭部，張著血盆大口，僅有的一隻眼睛裡冒著仇恨的火。是它搞的鬼，誘使我殺害了妻子，如今它又大聲叫喚報了警，把我送到了劊子手的手裡。

原來我把那黑貓和屍體一起砌進牆裡去了！

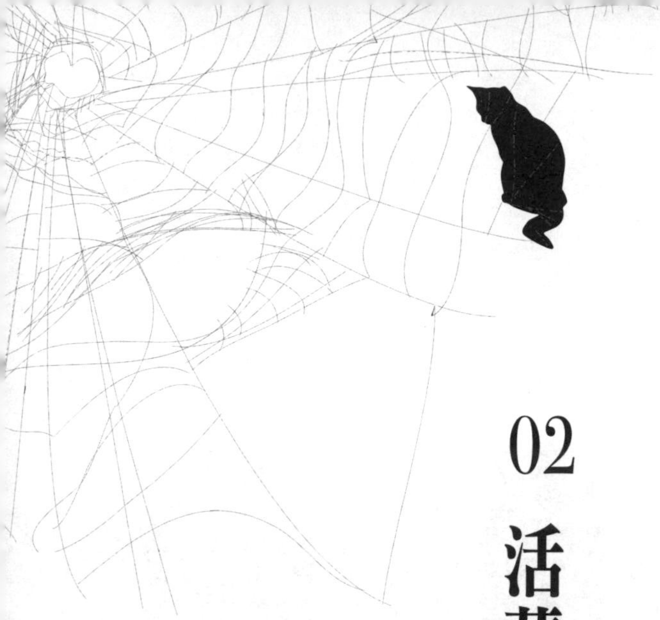

02 活葬

我們應當感謝上帝，真正意義上悲慘至極的災難還是不多的，因為它們只能由個人承擔，所以顯得格外獨特而罕見。毋庸置疑，在這些災難中，被人活葬應該算是最恐怖的一種了。活葬人的事情自古就有，它讓人在生死間遊走，讓人不禁質疑生命的緣起緣滅。

我們都知道，有的疾病會使人的生理功能失效，但這樣的失效只是暫停罷了，是一種不可知的生命機制的暫停，也許一段時間之後，這樣的暫停又會重新被啟動，可是這之間，靈魂該置於何地呢？

暫且先撇開這些理論不談，我們也應該能想像到活葬事件就是一種生命的暫停，而醫學和生活中都不乏這樣的事例，隨便舉出千百個應該是不難的。就在不久前，巴爾的摩市就發生了這樣一起大災難，也許很多人對此印象深刻。

一天，一位出色的律師兼國會議員的妻子突然患上了奇怪的疾病，醫生對此無計可施，在病魔的折磨下她靜靜地死去了。她死時臉部凹陷，嘴唇蒼白，眼神無光，脈搏停止，完全是一副死亡的狀態。屍體在停放三天後匆忙下葬了，這個過程中沒有人表示出絲毫的懷疑。這位傑出人士的妻子的屍體在家族的墓穴中停放了三年從未打開。

三年期滿後，因為要在墓穴中放入一口石棺，這位女士的墓穴被丈夫親自打開了。墓門旋轉著朝外敞開，一個白花花的物體逕自倒進他的懷裡，他定睛一看，竟然是他妻子的骷髏。

後來經過仔細檢查，人們發現她竟然在放入墓穴的兩天後奇蹟般地復活了。她睜開眼睛後，在棺材內拼命地掙扎，棺材就從架子上翻倒在地，破碎不堪，她也因此得以離開棺材。而原本一盞燈油充足的燈此刻已被蒸發乾涸了，墓穴的最高一級臺階上，留下了她因為企圖吸引人們注意而用來不斷敲打鐵門的棺材碎片。根據她雖腐朽但直立的屍體來看，也許就在她敲打之時發生了讓她極度恐懼的事情。

而這樣活葬的事件在一八一〇年的法國也發生過一起，那次事件發生在一位名叫維科特茜娜・拉弗加德的年輕小姐身上。維科特茜娜・拉弗加德出身名門，極為富有，年輕美麗，追求者眾多。在這無數的追求者中，茜娜鍾情於一位名為朱利安・博希埃的巴黎窮文人，或者說是窮記者。

茜娜被朱利安的才華和友善深深吸引，在眾人都以為茜娜必定將愛的橄欖枝拋向這位幸運的記者之時，因為天性的傲慢，茜娜拒絕了他的愛意，嫁給了當時一位出色的銀行家和外交家赫奈萊先生，兩人的結合名噪一時。

但是婚後不久，這位紳士就對茜娜失去了興趣，他不僅忽視茜娜的存在，甚至有時會動手虐打她。在這樣不幸的生活中，茜娜很快香消玉殞——至少她的狀態已成死亡之相，周圍的人自然地認為她已經去世了。

不久，她的屍體被放入一個極其普通的墳墓裡，葬在了她出生的村子中。而那位深愛著茜娜的貧窮記者聽聞她的逝去悲痛欲絕，一直以來他都從未放棄對茜娜的愛。當他的求愛被拒絕後，他曾想就這樣遙遠地陪伴她、祝福她一生就好，可是此時知道自己所愛的人原來已經不在這個世界上了，他馬上跋山涉水地從巴黎來到了茜娜下葬的那個偏僻的村子。

在來前，他給自己許下了一個美好的願望，希望能把心愛之人的屍體從陰暗的墳墓中挖掘出來，剪下她的一撮秀髮並永遠地留在自己身邊，以示懷念。可是當他艱難地來到心上人的墓地，並在午夜時分打開她的墓穴時，驚人的一幕發生了。茜娜的眼睛竟然緩緩地睜開了，原來她並沒有死去，只是被人活葬了。這位窮記者激動地撫摸著愛人的頭，將她從沉睡中喚醒。

他發瘋似的將茜娜抱回自己在村子裡的住處，憑藉著自己豐富的醫學常識，每天給茜娜補充大量的營養。終於，在記者的細心照顧下，茜娜「復活」了，並一眼認出了這個挽救自己生命的年輕人。之後，他們相依相伴，茜娜慢慢恢復了往昔的紅潤和美麗。此時她也終於瞭解到自己丈夫的可怕，他竟然在自己昏迷之際，迷惑眾人，將自己活葬了。

茜娜在恢復健康後本打算找自己的丈夫理論，但是朱利安的愛讓她明白，愛能包容一切。在這個世上真愛才是最值得珍惜的東西，因此，茜娜放下了仇恨，與朱利安遠走美國，開始了他們幸福的愛情之旅，而茜娜「復活」的事情也無人知曉。歲月如梭，這對經歷磨難的愛人在愛的世界裡幸福地生活著，但是對故土的思念讓二人從未放棄回國的願望。

二十年後，在確定歲月改變了容顏，不會再有人認出茜娜的時候，兩人重返法國。但世事難料，就在剛踏上法國的土地之時，他們竟與赫奈萊先生狹路相逢。赫奈萊先生立刻就認出了自己的妻子，並要求她回到自己身邊，但是此時的茜娜已經認清了丈夫的真面目，她果斷地拒絕了這個要求。

兩人對簿公堂，法庭認為他們情況特殊，分開時間太久，不論從情理抑或法律來說，赫奈萊的丈夫特權都已經不復存在了，因此法庭最終駁回了赫奈萊的請求，茜娜終於可以堂堂正正地和自己的愛人結合了。愛情最終戰勝了一切，茜娜和朱利安贏得了真愛，贏得了幸福！這次的活葬事件並沒有葬送一條年輕的生命，反而成就了一段愛情佳話，確實讓人感歎，但是這樣幸運的活葬畢竟很罕見。

當時美國萊比錫有一份既權威又有很高研究價值的期刊叫《外科雜誌》，在這份刊物的最新一期上，就記錄了一件極其悲慘的活葬事件。

故事的主人公是一位身材高大、體格健美的炮兵軍官。在一次訓練中，他被一匹彪悍頑劣的馬匹重重地摔倒在地上，頭部受到重擊，傷勢嚴重，當場就不省人事了。後來軍官被人送至醫院，醫生檢查說顱骨骨折，情況不嚴重，沒有直接危險，但仍需進行一場開顱手術。

開顱手術順利完成後，軍官卻陷入了昏迷。隨著他清醒的時間越來越短，周圍人和醫生都判定他已死亡。

很快，在一個晴朗的週四午後，人們將軍官倉促地葬於公墓。每到星期六，公墓內都會聚集大批遊人，這週六當然也不例外。大約正午時分，一位偶然坐在軍官墳頭的農民突然感到地下有劇烈的震動聲，他馬上對同伴說：「地下有人！」

他的話引起了一陣騷動，起先人們只是微微一笑，認為他在自我妄想，可是隨著農民越加堅定地重複，人們不免有了一絲懷疑，於是有人提議打開墓穴，大家紛紛跑去取鏟子。此處的墳墓原本就挖得不深，何況此時人多幹活快，沒幾分鐘，墳墓就被遊人挖開了。一個腦袋首先頂了出來，遊人被嚇得四處亂竄，但是慢慢的，人們又聚攏到這座墓穴前，看著那個本被判定死去的屍體一點一點地坐起來，整個人暴露在陽光下，有些恍惚，有些木然，隨後又暈了過去。遊人恢復鎮定後立刻將軍官送到了最近的一家醫院。

經檢查，醫生證實他還活著，只不過陷入了窒息狀態而已。在醫生的救助下，幾小時後，他甦醒了，認出了很多熟人的面孔，也斷斷續續地說出自己在墳墓中不斷掙扎的情形和與黑暗鬥爭的痛苦。

從他的講述中，人們清楚地瞭解到，在他葬入墓穴後的一個多小時內他還是有意識的，之後因為呼吸不暢才慢慢陷入昏迷。但是因為這個墳墓離地面很近，又是倉促下葬，泥土比較鬆軟，能夠透氣，因此，他才能在墓穴中活下來。

因為在墳墓中他能清楚地聽到地面的情況，因此每當有人經過時，他都會在地下拼命掙扎，力求有人聽到地下的聲音，但是一直以來都沒有回應。就在他絕望之時，他又一次聽到地面上雜亂的腳步聲，他能感到這次周圍有很多人，而且離自己所在的位置非常近。他不想就此莫名死亡，不想錯過這次能拯救自己的機會，因此他拼盡全力在墳墓中用頭撞棺材頂。終於他的努力沒有白費，他脫離了死亡，獲得了新生。

但此時讀故事的你切不可過早開心，據記載，這位大難不死的軍官在被送往醫院後，情況慢慢好轉，看似有望恢復之時，卻被一群庸醫愚蠢地使用了電流療法。在一次電擊之時，意外發生了，軍官突然再次陷入了昏迷，並就此斷氣，真的死去了。

他成了庸醫進行醫學實驗的犧牲品，讓我們不禁感慨庸醫害人。若不是第一次庸醫輕率地斷定他死亡，他也不用被活葬；要不是後來庸醫胡亂診治，他也不會真的死亡。但是逝者不可追，這位年輕的軍官最終死在了手術臺上，成為一場讓人扼腕的醫療悲劇的主人公。

不過說到這裡，你切忌將害死軍官的罪名推給這種所謂的電流療法，它絕對不是隨意施行的，甚至還曾創造過生命的奇蹟，使一位被埋葬了兩天的年輕律師復活，那曾是一八三一年最為人津津樂道的事情。

這位律師名叫愛德華・斯特普雷頓，他因斑疹傷寒引發的發燒而呈現出一些令人疑惑的異常症狀，但終因外部生理特徵的停滯而被認定為死亡。曾經有醫生對其症狀提出過懷疑，希望能准許開棺驗屍，但這一請求被愛德華的朋友以死者不應被打擾為由拒絕了。

按照以往的慣例，在驗屍請求被拒絕後，醫務人員決定和盜屍集團合作，在屍體下葬後，祕密地將其挖掘出來，然後進行解剖化驗。在當時的倫敦，盜屍集團數不勝數，醫院方面很快與其中一個集團商定好相關事宜。

葬禮後的第三天，這具被醫生質疑的屍體就被祕密地挖掘出來，送到了一家私人醫院。醫生一見到屍體，馬上決定在其腹部切開一道傷口，看看死者的皮膚組織情況，可是當死者腹部被切開後，卻沒有看見其皮肉有絲毫的腐爛現象，此時醫生想到了電流療法。醫生們將屍體通上電，用電不斷擊打屍體，但是多次電擊後屍體除了極少次出現了一定程度的痙攣外，沒有絲毫的改變和移動，醫生們不禁開始懷疑也許這真的是具死屍。

很快，夜色暗沉，日出將至，醫生們在毫無對策之下決定對其開膛解剖，可是此時醫學院的一位學生仍不死心，他仍企圖透過電擊的方法驗證自己的理論，決定在死者的一塊胸肌上通上電。

學生在死者胸肌上粗粗劃了一刀後，立即接上電線，這一次死者劇烈地動了起來，而並非像前幾次那樣只是痙攣。他從桌子上一躍而起，晃晃悠悠地走到房屋中間，在不安地打量一番後，他竟然奇蹟般地開口說話了。雖然他說的話含糊不清，但是在場所有人都清楚地看見他的嘴動了，吐出了音節清晰的幾個字句，大家都被嚇得目瞪口呆。

此時，病人結束了難懂的說話，癱倒在地，大家在互相張望後漸漸恢復了平靜。他們終於證實愛德華先生還活著，只是又一次陷入了昏迷而已。醫生們對他使用了乙醚，愛德華慢慢睜開了眼睛，恢復了意識，並在極短的時間內恢復了健康。不過此時他尚未將自己已復活的消息告訴朋友們，直到確定自己的病情不會再復發，徹底恢復為正常人後，朋友們才獲悉他死而復生。可想而知，這又引起了多大的騷動。不過朋友們在吃驚之餘，還是為愛德華的復活欣喜不已。然而，這件事最聳人聽聞之處，並不在於愛德華先生的復活而在於他的自述。

他恢復健康後宣稱，在他昏迷的全過程中，他的意識都是清醒的，雖然他一直感到恍惚，但是對於身邊發生的一切，從發燒住院，到醫生判定他死亡再到電流通電，全部的過程他都清醒地知道，只是他一直睜不開眼，出不了聲。他一直都知道，自己活著，而這句話就是愛德華先生在解剖室醒來時嘴裡念叨的那句無人理解的話。

諸如這樣死而復生的故事還有很多，在這裡我就不再贅述了。但由此可見，在我們的生活中這樣活葬的事情確實經常存在，而且這樣的事情總讓人感到害怕，因為活葬使得靈與肉的不幸達到了臨界點。

被活葬的人總能感到肺部受重壓，泥土潮濕不堪，裹屍布和棺材都在不斷地逼向自己，此時若想到我們的家人和朋友在懷念著我們，若他們知道我們還未死，一定會想盡一切辦法來拯救我們。可問題是他們不知道我們還活著，我們只能絕望地等待死亡，這才是真正的死亡。

我真不知道在這個世上，還有什麼比這更讓人痛苦，因為我們永遠不能知道地獄是什麼樣的，而在已知的事物中大概沒有什麼能趕上活葬一半的恐怖了。我們不得不說，每每提及活葬這樣的事情，我們除了驚悚之外，總會不由自主地感到好奇。鑒於這種事情的可信度仍有待考慮，所以現在我決定來講講自己親身經歷的事情。

最近幾年以來，我一直被一種稱之為強制性昏厥的疾病折磨著，這種病的病因連醫學界都不能清楚地闡釋，但是其症狀非常清楚，那就是病人會經常性地陷入昏迷。

而在昏迷期間，病人沒有絲毫知覺，可是有微弱的心跳，紅潤的臉色。昏迷持續時間不定，有時幾個星期，有時幾個月，乍看之下與死亡並沒有實質性的差別。因此只能靠知道你患有強制性昏厥病症的朋友或者根據你尚未腐爛的身體來推斷你是否還活著，否則估計你也難逃被活葬的命運。不過幸運的是，這種疾病是漸進式的，隨著發病次數的增加，才會表現出越發明顯的死亡徵兆。如果有人第一次發病就極其嚴重，那麼他被活葬的機率就會大大增加了。

而我本人也會經常性陷入半昏厥的狀態，那期間我沒有任何疼痛感，沒有思想，可是我能意識到我身邊人的存在，然後慢慢等著清醒，直至完全恢復正常，下一次發病又重複這樣的昏迷直至清醒。

我得感謝上帝，除了這種間歇性的昏迷之外，我基本還算健康。這種病症似乎沒有對我的身體造成太大的影響，但對我的精神卻有著難以言喻的創傷，以至於我總會不由自主地想到死亡、墳墓和墓誌銘等。

白天，我因為過度思考而痛苦萬分，到了夜晚，被黑暗包圍的我更是感到瑟瑟發抖，總怕自己一睡就不再醒來，因此幾乎每晚我都要掙扎著才能睡去。而在夢中，我常常感到自己被活葬，無數的意象充斥著我的夢，把我壓得喘不過氣來。這裡我挑選一個場景給大家稍微說說吧。

當我感到自己陷入長久的昏厥之時，突然一隻冰冷的手摸著我的額頭，一個聲音在我耳邊說：「快起來！」我瞬間驚醒，周圍一片漆黑。突然那個聲音再次出現：

「你怎麼還不起來？你難道沒聽見我說話嗎？」

「你是誰？」我問道。

「我是鬼，怎麼會有名字？我曾經冷酷無情，但現在我是仁慈的。我願意帶你去看看外面的世界，起來，快跟我出去看看吧。」

我抬眼望去，周圍一片寂靜，每一座墳墓下都棲息著一個靈魂，但其中真正的安息者少之又少。

「你難道不覺得這很可憐嗎？」

在我還沒組織好語言回答時，我醒了，我的神經變得愈發衰弱。除了知道我病情的朋友之外，我幾乎不敢和任何人出去，我怕自己某天突然昏迷，而周圍人又不知道我有強制性昏厥症，就將我活葬了，甚至有時我對自己最親密的朋友都開始懷疑。我怕他們會聽信別人的勸告，在我長久昏迷時將我下葬。我竟然害怕，他們會因為我給他們帶來的麻煩，而渴望將我拋棄，即使他們一再向我保證，我仍然無法消除自己的疑慮。我強求他們發毒誓，除非我身體腐爛，否則絕不將我埋葬。

但即便如此，我的恐懼仍未減輕絲毫，一切的道理和安慰我都置若罔聞，我開始精心地設置預防措施。其中一條就是我改造了家裡的墓穴，確保可以從裡面毫不費勁地打開。可是人有旦夕禍福，誰能料到會不會有意外發生呢。我的新生來了，我發現自己從無意識中走出，又進入一種新的存在意識中，一種不安和痛苦糾纏著我，我開始在清醒和虛無中游走。

我不敢再相信自己的命運，又一次陷入黑暗之中。我拼命地尖叫起來，但是感覺自己全身都被禁錮住了，正如人們對死者所做的那樣。全身被壓迫著，我完全不能活動，於是我傾盡全力舉起了胳膊，撞上了一個硬物，我終於知道我還是不可避免地睡進了棺材中。此時我想到了自己做的預防措施，

02 活葬

我不斷推動著棺材，可是它紋絲未動。我感到絕望，恐怕我昏迷的時候不在家中，我現在置身於陌生人中間，我被他們像埋狗一樣埋掉了。但是我不想放棄，我仍努力地叫喊，一聲哀號劃破了地下的長夜。

「你怎麼了，叫得這麼淒慘？」第一個說。

「你到底怎麼了？」第二個說。

「別再叫了，吵死了！」第三個說。

「你叫得跟貓似的，發生什麼了？」第四個說。

接著我被喚醒了，徹底恢復了記憶。

這樁奇遇發生在弗吉尼亞州的里士滿附近，我和一個朋友去打獵，可是路上遇到了暴風雨，我們充分利用船艙來保護自己。而之前我說的情形都是我在船艙中的夢，我被船上的船員喚醒，但我感到自己所遭受的痛苦與真正的活葬並沒有什麼本質的區別。我感到了一種超乎想像的恐懼，不過禍福相依，這種徹骨的痛苦也使我的心靈不知不覺地清醒了，我的精神開始奏起了和諧的曲調，我開始了全新的生活。

我出國了，活力四射地到處鍛鍊，充分呼吸著清新自由的空氣；我遺忘了自己的病痛，開始思考死亡以外的東西；我不再讀有關墳墓的故事和文章，開始像正常人一樣生活。在那個值得紀念的晚上，我永遠地離開了地獄，離開了那些陰冷恐怖的意象，而此時我的強制性昏厥竟然也奇蹟般地消失了。

這時，我開始思考，也許我的病完全是心理上的，是因為我對死亡的過度探尋，對恐怖意象的過度想像而產生的。

有時候，我們不要把墳墓式的東西都看得那麼恐怖，看成古怪的想像——但是，像那些追隨著阿弗拉斯布在奧克蘇斯河航行的魔鬼，你們也必須沉睡了，否則我們會被你們吞噬，被你們毀滅。

03

莫格街兇殺案

01

某年春夏之際，我寓居巴黎，與一位名叫奧古斯都．迪潘的先生相識。該紳士出身名門，但因家道中落，生活陷入窘境。家中的變故令他的精神委靡不振，他也無意重整家業，幸好債主對他還算寬厚，留給他一點錢，如今，他就靠這點錢過活。

迪潘先生的生活十分節儉，唯一會讓他花大錢的嗜好是買書，而書籍在巴黎便宜易得。我第一次與他相遇，是在蒙特馬特一家冷清的圖書館裡，碰巧我們找的書一樣。正因相同的趣味，我們成了朋友。

那次書店相遇後，我們有了頻繁的往來。迪潘先生以法國人特有的坦誠講述了他的家族史，我聽得趣味盎然，他閱讀之廣，想像之大膽豐富著實讓我有些驚訝。當時我正在尋找題材打算寫一部偵探小說，覺得和他交往會有很大的幫助，於是，我與他商議後決定，在我逗留巴黎的這段時間裡，我們要住在一起。

我手頭較為寬裕，房租、傢俱和裝修的費用就由我承擔。我們在聖日爾曼區偏遠荒涼的某處租了一所房子。這所房子由於當地人的迷信被荒廢了很久，經受多年風雨侵蝕的老房子，看起來搖搖欲墜。

我們在這裡住下後深居簡出，以前的熟人都不知道我們住在這個地方。迪潘多年來沒有與任何人交往，在巴黎認識他的人也不多。但如果當時有人來看望我們，瞭解我們的寢食起居，他一定會以為我們是瘋子，只不過不會有什麼危害罷了。

我的朋友有種怪癖，他毫無緣由地喜歡黑夜，不久，我也染上了這種怪癖。長夜漫漫，總有盡時，但我們假想它永遠持續下去。破曉之時，我們關上所有門窗，點上幾支蠟燭，借助其發出的鬼火般的微光，過著黑夜的日子，直到鐘聲敲響，我們才知道黑夜旋又來臨。然後我們手挽手，在大街小巷漫遊，談論白天的話題，冷靜觀察漆黑的四周，以此獲得精神上的刺激。就在這樣的交往中，我發現了迪潘奇特的分析能力。

我知道迪潘有著十分豐富的想像力，我也知道他同時具有十分特殊的分析能力，但是每當他向我展示他的分析能力的時候，我還是會大吃一驚，同時對他產生仰慕之情。

迪潘總是得意揚揚地告訴我，大部分人在他眼裡，就像玻璃一樣透明，他只要看一眼，就知道他們在想些什麼，就像他對我的心思總是瞭若指掌一樣。我相信他說的是真的，因為他總能當場拿出讓我信服的證據，證明事實正如他所分析的那樣。

每次，他在講述他的分析過程時，總是態度冷漠、面無表情。他也習慣將他那原本就洪亮高昂的嗓音提到最高，要是不熟悉他的人會以為他在生氣，但只要仔細聆聽，就會從他清晰的發音中發現他的聲音原本就是如此。

接下來，我舉個例子來展現迪潘的特別之處吧。

一天夜裡，我們在皇宮附近一條髒亂的長街上漫無目的地閒逛。有那麼一段時間，大約十五分鐘吧，我們一言不發默默地走著，想著各自的心事，至少在迪潘和我說話前我認為是這樣。

就在這時，迪潘突然開口說：「他確實很矮，但他要是能在雜技場演出也還不錯。」我當時正專注思考，下意識地表示了贊同，但下一刻我又感到大吃一驚，因為迪潘那句話點出了我心中正在想的問題。我不明白他是怎樣得知我的想法的，我甚至懷疑是我的耳朵聽錯了。於是，我刻意試探著問他，是否知道我心裡正在想著誰。迪潘說，他知道。接著，他準確地說出了那個人的名字——桑蒂耶。他還說，桑蒂耶個子矮小。說完他問我，桑蒂耶是不是不適合演悲劇。

是的，迪潘說的一點都不錯，桑蒂耶正是我心裡所想之人。他是聖鄧尼斯街的一個皮匠，也是一個戲迷，曾經在克雷畢庸的悲劇中飾演澤科西斯一角。雖然他演得很認真賣力，但是人們對他的表演只是報以譏諷與嘲笑。

我雖然極力克制但仍難掩驚異之情，我懇求迪潘告訴我，他是如何透過精準的邏輯推算，得知我心中所想的。

迪潘說：「我知道，你是在看到一個賣水果的人之後才想到，桑蒂耶太矮了，所以他不適合演澤科西斯這類角色。」

迪潘所說的那個賣水果的人，是我們在十五分鐘前遇到的。那時，我們剛從西小街來到這條大街上。我看到迎面走來一個人，他頭上頂著一大筐蘋果，他還差點把我撞倒，這使我感到十分不快。

但是我不明白，迪潘何以由此推測出我在想有關桑蒂耶的事情，因為二者之間實在沒有必然的聯繫。於是迪潘慢條斯理地向我解釋了他的分析過程。

原來，從我們和那個賣水果的人相遇之後，我就獨自想著心事，而迪潘則一直在觀察我。迪潘用他那高昂卻平緩的聲音對我說：「在那之後，你的思維活動雖然很多，但主要可以分為幾個環節，它們從前往後分別是：那個賣水果的、街上的石頭、石頭切割術、伊壁鳩魯、尼古斯博士、獵戶星座、桑蒂耶。」

我平時偶爾也會回想自己的思路，那時我總會發現我最初所想的事情，與最終所想的風馬牛不相及。這常常令我覺得不可思議。但就是這樣信馬由韁毫無關聯的思路，卻能被迪潘完全猜中，不差分毫！可想而知我當時有多驚訝。

迪潘回憶說：「我們剛才走西小街之前，談論的話題是馬。進入到這條街後，我們就遇到了那個賣水果的人。原本他應該只是和我們擦身而過，但不巧的是這條路的人行道正在施工，恰巧那有一堆石頭，所以那個人才會在匆忙間把你撞到了石頭上，你也因此扭到了腳踝。你十分生氣，看著那塊石頭嘀咕了幾句，然後就不聲不響地向前走了。」

這些小細節，並不會引起別人的注意，但是迪潘卻一一看在眼裡，因為他一直在觀察生活。

迪潘接著說：「我發現你一直怒氣沖沖地看著人行道上的坑窪和車印，

所以我知道，你一定還在想剛剛絆到你的石頭。你那副氣憤的表情一直保持到我們進入拉馬丁小胡同。到了拉馬丁小胡同時，你一邊嘀咕著什麼一邊露出了笑容。這下我知道，你嘴裡嘀咕的一定不是這條鋪滿石塊的小路，而是剛剛的石頭。我深信，你說的是石頭切割術。我瞭解你，朋友，我知道你一定會從這個詞上聯想到原子，然後再從原子想到我們之前討論過的伊壁鳩魯。我們之前不是探討過這個希臘人的理論嗎？我相信你對此一定印象深刻。」

「朋友，你知道伊壁鳩魯提出的猜想中，最為奇特的一則，竟與當今的宇宙進化論出奇的吻合。所以，你一定會抬頭去看獵戶座。說實話，那個時候我也不過是在猜測你的想法而已。但是，當我看到你真的抬頭看星空時，我就確信我的分析完全切中你的內心了。所以，我接著分析你接下來會想些什麼。我想，你一定會想到一句拉丁詩句，因為它說的是獵戶星座。你問我為什麼這樣確信？因為這句詩是我告訴你的呀。然後就簡單了，和這句詩相關的當然就是昨天《博物館報》上那篇特意諷刺桑蒂耶的文章了，所以你之後的思路自然要轉移到桑蒂耶身上。當我看到你的嘴角露出了微笑時，我更加確信，你一定想到了那位倒楣的皮匠。朋友，我還注意到，你在想到桑蒂耶時，原本一直彎著的腰一下子挺直了。這說明，你在想桑蒂耶真是太矮小了。」

這就是迪潘切中我心中所想的全部推論過程。

當然，我說這些並不是要講述什麼神祕、離奇的故事，只是想告訴大家，迪潘確實有著非同一般的豐富想像力和分析能力，也是想告訴大家，他為什麼能夠解決下面這個事件。

02

就在桑蒂耶事件不久後的一天，我們在《論壇報晚刊》上看到一段新聞：那天淩晨三點左右，聖羅克區的莫格街傳出一陣淒慘的叫聲，聲音來自一幢寓所的四樓，那裡住著列斯巴納太太和她女兒卡米耶。聞聲而來的人們本想衝進房子看看發生了什麼事，卻沒想到大門緊鎖。當人們用鐵鍬破開大門後，八九個鄰居與兩名員警進到屋子裡。這時屋子裡很安靜，就在大家跑上樓梯時，又彷彿聽到兩三個人的爭吵聲。然而等眾人上到二樓樓梯時，所有的聲音卻都消失了。人們擔心有什麼不幸的事情發生，於是立刻分頭搜查各個房間。最終，人們找到四樓一間反鎖著的房間，當人們破門而入後，房間中的慘狀把所有人都嚇壞了。

原本整潔的房間變得淩亂不堪，傢俱散亂倒地，無一完好。地板上散落著四枚拿破崙金幣，一只黃玉耳環，三把小號的白銅茶匙，三把大銀匙，兩個裝了約四千枚金法郎的錢袋。椅子上有一把血污斑斑的剃刀。角落處五斗櫥的抽屜全都被拉開，雖然許多東西還在裡面，但是明顯有著被翻過的痕跡。床墊被扔在地板上，下面有一只被打開的小型鐵箱，鑰匙還在。鐵箱裡只有幾封信，以及一些普通的檔案。壁爐上除了有兩三把濺滿鮮血的花白長頭髮外，再沒有其他特殊細節，只是人們發現壁爐裡的煤灰特別多。

大家檢查煙囪的時候，發現了卡米耶的屍體。她的身上有多處擦傷，可見她是被人硬塞進煙囪管裡的。她的臉上佈滿了抓傷，喉嚨處有一排很深的指甲印和黑色的瘀傷。這一切顯示，卡米耶是被人活活掐死的。

然後，人們仔細搜查了整幢房子，始終沒有發現列斯巴納太太、兇手以及兇手留下的其他線索。最後，眾人來到了後院，在磚鋪的院子裡看到一個被割斷喉嚨的老太太的屍首。屍身被割得慘無人形，頭部血肉模糊，在人們想扶起屍首時，頭部便自己掉了下去。

第二天，報紙上登載了關於這件血案的另一些消息，說是這件駭人聽聞的案件雖然有一些相關者，但是毫無線索可言。報上還說，警方傳訊過所有與莫格街血案相關的人，但仍然沒有發現任何線索。報紙同時刊登了所有重要關係人以及他們的證詞。

一名一直為列斯巴納太太服務的洗衣婦寶蘭・迪布林告訴我們，她已經認識列斯巴納太太和她的女兒三年了，她們是一對關係和睦的母女。寶蘭不知道她們的生活來源是什麼，也許是算命。列斯巴納太太給的工錢很豐厚，她們家中只有四樓擺著傢俱。

菸商皮埃爾・莫羅說，他四年來一直為列斯巴納太太提供菸草和鼻菸。他知道列斯巴納太太在這一帶出生，那棟房子雖然是她的，但是她自己原本並不住在這裡，而是把它租給了一個珠寶商人。後來，珠寶商招來很多身分複雜的房客，他們肆意地糟蹋房屋，這使得列斯巴納太太十分不滿。最後，列斯巴納太太從珠寶商手中收回了房子，帶著女兒住了進去，到出事為止她們已經在那裡住了六年多。

卡米耶一直深居簡出，所以皮埃爾・莫羅沒見過她幾次。雖然很多人說列斯巴納太太會算命，但皮埃爾並不相信這種說法，因為他只看到過一個挑夫和一個大夫來拜訪過列斯巴納太太。這對母女過著與世隔絕的日子，很少與人接觸，也不知道他們還有沒有親朋好友。她們的房子，除了四樓屋子的窗戶外，其他的都難得打開一次。

德洛雷納街米尼亞爾父子銀行的老闆老米尼亞爾提供的消息表明，列斯巴納太太在八年前開始就經常在他的銀行裡存些小筆存款。就在列斯巴納太太臨死前三天，有人全部提清了她的存款。現金是由米尼亞爾父子銀行的職員阿道夫・勒・本送到列斯巴納太太家裡的。那天中午，阿道夫・勒・本將四千法郎的金幣裝成兩袋送到列斯巴納太太家，當時卡米耶接過一袋，列斯巴納太太接過了另一袋，然後他就離開了。阿道夫確定，當時這條偏僻的街上沒有人。

飯店老闆奧丹亥・梅爾、員警伊西陀爾・米塞、銀匠亨利・迪法爾、裁縫威廉・伯德、殯儀館老闆阿豐索・加西奧、糖果店老闆阿爾貝特・蒙塔尼，是事發當時最先衝進列斯巴納太太房子的人。他們都表示，門是用鐵鍬撬開的，而且很容易打開。所有人都說，他們在屋子中聽到了尖叫和爭吵的聲音，具體的情況就像昨天報紙上報導的那樣。問題是，關於這些聲音，證人們出現了分歧。

飯店老闆奧丹亥．梅爾不會說法語。他並不住在這裡，只是在路過那屋子時，聽見有人在裡面呼救，並且大概喊了十多分鐘，之後他就和其他人一起進入了屋子。奧丹亥．梅爾確定，他在屋子裡聽到了兩種爭執聲：一個尖聲尖氣，一個粗聲粗氣。他認為聲音尖的那個，是一個法國男人，他聽不懂那男人在說什麼，因為那男人說得又快又急；另外那個粗聲粗氣的聲音則一直在說「真該死」和「活見鬼」，還說過「天哪」。

員警伊西陀爾•米塞則不能確定尖聲尖氣，那個人是男是女，不過他同樣沒聽清那個人說的是什麼。但是，伊西陀爾•米塞認為他說的是西班牙語。至於粗聲粗氣的那個，他認為是法國男人，那法國男人所說的內容和奧丹海亥．梅爾聽到的一樣。

銀匠亨利•迪法爾雖然不敢肯定自己聽到了什麼，但他認為聲音尖聲尖氣的人恐怕是女人，不過肯定不是列斯巴納太太和他的女兒，因為他經常和她們談話，他認得她們的聲音。那個粗聲粗氣的是義大利人，雖然他不懂義大利語，但他感覺那個人說話的腔調像義大利人。

裁縫威廉・伯德也認為尖聲尖氣的聲音應該是女人的聲音，但認為她說的是德語而不是英語；至於粗聲粗氣的聲音，他也覺得那該是個義大利人。

住在莫格街上的殯儀館老闆阿豐索・加西奧原籍西班牙。他沒有上樓，但他認為那個說話尖聲尖氣的人不是西班牙人，而是一個英國人。雖然阿豐索不懂英語，但覺得，那個人說起話來有英國人的腔調。

糖果店老闆阿爾貝特・蒙塔尼是義大利人，他認為尖聲尖氣的那個人說的是俄語而不是義大利語，雖然他從未跟俄國人交談過。

後來，警方又傳訊了這六名證人，再次確認了當時的情景。這六個人確定，他們發現卡米耶小姐屍體時，房門是反鎖的，而且他們沒有聽見一點聲音。當時房間裡空無一人，而且前後窗子全都關著，從裡邊牢固地拴著。

這棟房子的前房房門鎖著，鑰匙還插在上面；後房房門雖然沒有鎖，但也是關著；閣樓的窗戶被釘死了；而在四樓過道盡頭，屋子對面，有間堆滿雜物的小房間，房門半開半掩，這裡的東西人們都仔細地搜查過了。

四樓所有房間的煙囪都十分窄小，一個人絕不可能經由它出入，況且他們還曾用通煙囪的掃帚把樓內全部煙囪的管道都通了一遍。這棟房子沒有後樓梯，所以，在樓下有人的情況下，沒有人能從這裡溜走。卡米耶小姐的屍體當時被塞在煙囪裡，四、五個人一起才把它拖了出來。

證人們對上述事情的說法基本相同，唯一不同的是，從聽到爭吵聲到闖進房間所用的時間，有人認為是三分鐘，有人認為是五分鐘，有人認為房門很好打開，有人則認為很困難。

負責給列斯巴納太太和卡米耶小姐驗屍的保羅・迪馬醫生告訴我們，卡米耶小姐身體上有多處擦傷，這表明她確實是被硬塞進煙囪裡的。她喉嚨處的傷很嚴重，那裡有明顯的指痕，卡米耶的眼球突出，腹部變色，舌頭也有一部分被咬透，這一切表明她是被人掐死的。另外，卡米耶的心窩上還有一大塊瘀傷，像是被人用膝蓋壓出來的。這顯然是兇手造成的，但兇手有幾人還不清楚。

至於列斯巴納太太，她簡直是支離破碎。她全身多處骨折、骨碎，身上到處都是變了色的瘀傷。醫生想不通這些傷是如何造成的，只有一個力大無窮的壯漢，用大而沉的鈍器，才會把一個人傷到如此地步。所以，人們很自然地排除了女性作案的可能性。至於造成列斯巴納太太脖子上割傷的兇器，很可能是四樓房間裡的剃刀。另一名外科醫生亞歷山大・愛迪安也給出了同樣的意見。

之後，警方還詢問了其他證人，但仍然沒有獲得重要線索。巴黎警方在這件空前的血案面前顯得束手無策，整個聖羅克區也因這案件到處人心惶惶。雖然警方逮捕了送金幣給列斯巴納太太的銀行職員阿爾道夫・勒・本，但他們沒有任何證據能夠證明他與此案有關。

迪潘對這件血案十分感興趣，他問我對案件的看法。我仔細地研究了報導後告訴他，我同大多數的巴黎人一樣完全沒有頭緒。

迪潘微笑著告訴我，想要破案不能單憑傳訊結果。雖然巴黎警方以這種方法作為主要手段，並且也取得了很多成績，但這並不是最終的解決之道。真相有時候其實離我們很近，就在我們抬眼可以望見的地方；就像我們抬頭觀看星空時，只是斜眼瞟一瞟，就能夠將星星看得很清楚了，但如果我們死死地盯著一顆星星，時間長了，我們反而看不清它了。所以，如果我們鑽牛角尖，真相就會被歪曲。

迪潘決定去調查這樁案件。這不僅是因為他對這案件本身感興趣，也因為阿爾道夫・勒・本曾經幫助過他，迪潘不希望他無辜受罪。

由於迪潘認識員警廳廳長，我們要進入列斯巴納太太的寓所非常容易，但是那裡離我們的住處十分遙遠，所以我們到達時已近黃昏。

那幢房子看上去跟報紙描述的一樣，是一座普通的巴黎式房子。我們圍著房子走了一圈，把整個樓房及其周圍街道都細細探查了一遍，然後才向看守人員出示了證件，要求進入。我們在員警的陪同下走進房子，直接來到發現卡米耶小姐屍體的房間，母女倆的屍首還停放在那裡。房間的情景和報上說的一樣，迪潘仔細地觀察了所有的東西，包括列斯巴納母女的屍體。然後我們又勘察了其他一些地方，直到天黑我們才離開。

回家途中我們順便去了一家日報館詢問了一些事情。

03

調查過後，迪潘什麼也沒有和我說。直到第二天中午，他才詢問我是否在案發現場發現了什麼特別之處。我很遺憾地告訴他，我的發現依舊停留在之前報紙所說的那些情節上。

迪潘告訴我：「不要被報紙誘導。這件案件讓人覺得很蹊蹺，是因為我們找不到兇手，不知道兇手殺人的動機以及他的作案手法。在整個案件裡，爭吵聲，樓上只有卡米耶小姐，密室，房間凌亂，被倒塞入煙囪的屍體，列斯巴納太太屍首不全……這些細節都超出了人們的認知範疇。員警找不到原因，他們感到無能為力，所以他們才認為這是一件玄妙的事情。其實，想要解決這件事很簡單，只要打破常規就行。我們不是要找出發生了什麼事，而是應想想有什麼事是從未發生過的。其實，我已經解決了這個案件。」

迪潘的話讓我感到十分吃驚。接著，他告訴我他在等一個客人到訪，這個人即使不是殺死列斯巴納夫人和她女兒的兇手，也必然和這個案件脫不了關係。迪潘把所有的希望都寄託在這個人身上，他相信這個人一定會來，然後他拿出一把手槍，並告訴我一定要把他留下來，用我們都知道怎麼樣使用的手槍。

接下來，迪潘向我講述了他對案件的看法。他認為，那些闖進去的人們聽見的吵架聲，確實不是列斯巴納母女的。所以，我們可以排除老太太在殺死女兒後自殺的可能。那麼，兇手是誰？從大家的供詞中，他發現了一個特殊點。

這個特殊點就是，那個尖聲尖氣的聲音說的到底是哪種語言。義大利人、英國人、西班牙人、荷蘭人和法國人都覺得那不是他們的母語，而是外國語言；而且他們都認為，那種語言他們從未聽過，或從未與說那種語言的人交談過。這種聲調不是我們熟悉的歐洲五大區域的。在巴黎的亞洲人和非洲人非常少，而且他們的特徵很明顯，所以應該是這些人。

就是這個疑問使迪潘對案件有了一定的認知，這也是他到列斯巴納母女寓所去的原因，他想經由對那裡的勘察找到兇手逃走的方法。既然這是一場貨真價實的謀殺，那麼我們一定能找到兇手行兇的手法和逃離的方式，因為兇手不能像風一樣無形飄逝。

接下來，迪潘詳細分析了兇手可能採取的逃跑方法：

當時在場的人都聽到有人在爭吵，所以在大夥衝上樓時，兇手一定還留在發現屍體的房間或是它隔壁的房間裡，因此只要人們仔細搜查這兩間房間就行。但是員警已經把整個房子仔仔細細地查看了一番，沒有發現任何出口。而迪潘會去那棟屋子就是為了驗證這兩間屋子是否真的沒有任何出口。

事實證明，這兩間屋子的房門緊鎖，鑰匙也都插在裡面，它們是真正的密室。然後迪潘審慎地思考了兇手是否有從煙囪逃走的可能。透過卡米耶小姐的傷痕，我們明白這些煙囪和普通煙囪一樣，連一隻成貓都藏不住。迪潘接著又想，既然這兩條路都被堵死了，那麼兇手逃走的出路就只有窗戶。

首先是樓前窗戶。案發當時街上有很多人，兇手從那裡逃走一定會被發現，所以迪潘確定兇手是從樓房的後窗逃跑的。接下來，他要證明兇手怎樣從那裡逃走。

發現屍體的房間有兩扇窗子，其中一扇窗子沒被傢俱堵住；另一扇的下半扇，被床架遮住了，而沒被遮住的部分緊鎖，根本無法打開。而且，這扇窗戶被兩枚釘子完全釘死了，任你有再大的力氣也拉不開它。員警據此認為，兇手無法從這扇窗戶逃跑，但迪潘並不這樣認為。

迪潘告訴我，有些看似作用重要的事物，事實未必如此。迪潘在勘察那棟房子時，曾經仔細地研究過那扇窗戶，他堅信一定有什麼辦法能夠使得窗戶在兇手離開後自動拴上。而當他看到窗戶上的兩枚釘子時，就確定那是兇手故意留下來迷惑員警的。

迪潘花了很多精力才將窗戶上的釘子拔下來，然後他想把窗框往上推，結果就像他分析的一樣，那個窗框一動也不動。一定有什麼機關！

於是，迪潘踏上床架的棚子，探出頭，仔細地觀察了床頭後面的另一個窗子。在床頭的後面，迪潘找到了一根彈簧。迪潘彷彿明白了什麼，他按了按彈簧，接著把釘子安回原位，並打開窗戶，然後一個人跳出窗子。這時他看到，窗子上的彈簧重新碰上，窗戶自動關上了。「我確信，這就是兇手逃跑的地方。」迪潘說道。

但這種手法有一個缺陷，就是那個釘子不能重新釘，所以，釘子或許一樣有問題，可看上去這扇窗戶的兩枚釘子沒有任何問題。

如果是一般人，一定會認為自己的分析在哪裡出現了錯誤，但是迪潘不這樣想，他自信他的分析毫無紕漏，仍然認為問題還是出在這枚釘子上。

迪潘仔細研究那兩枚釘子，當他想把釘子取出來看看時，卻只取出了釘子頭，釘身還牢牢地釘在釘眼裡。當他將釘子頭放回原處，釘子頭和釘身又連接在了一起就像一枚釘子一樣。

迪潘再次按了下彈簧，輕輕把窗框向上推，這時，釘子頭就和窗框一起被推了上去，然後隨著窗戶的再次關閉，釘子頭又回到了原位，這樣我們看到的又是一枚牢固、完整的釘子了。

分析至此，迪潘證明了犯人完全可以通過床頭上的那扇窗戶離開房間。因為窗戶能夠自動關閉，所以這間屋子才會變成密室，這使得案件變得撲朔迷離。

接下來，迪潘分析了兇手是如何從四樓逃下去的。

當初在勘察房屋時，我們圍著屋子兜了一圈。那時迪潘發現，在距離那扇窗子大約五尺半左右的地方，有一根避雷針。正常情況下，任何人都不可能利用這根避雷針跳進窗戶裡。除了避雷針，迪潘還發現這棟房子四樓的百葉窗，是一種在巴黎十分少見的鐵格窗。

鐵格窗是一種單扇窗，看上去有點像普通的門。窗戶的下半扇是格子窗，或者雕鏤式鐵欄，這樣的設計使得這些窗戶能夠成為方便的把手。除此以外，這種窗戶有三尺半寬，這種寬度極有利於兇手進出。

我們在勘察房屋時，那些百葉窗都半開半閉，與牆面成了一個直角。若不仔細看，不會想到這些百葉窗的實際寬度有三尺半。這一錯覺使得員警誤認為兇手無法從那裡逃跑。但是，當迪潘仔細地丈量了這些百葉窗的寬度後發現，如果把窗戶完全推開到最大寬度，兇手就能夠利用它進出屋子而不被人發現。但迪潘又提醒我說：「這雖然能夠辦到，卻十分危險。所以，兇手必須身手異常矯捷。」

現在，迪潘鎖定了兇手的特徵：他的身手異常矯健，喊聲刺耳；他說話時又快又急，並且說著一種沒有人懂得的語言。

從迪潘的話裡我好像馬上就能知道點什麼，卻又完全沒有頭緒，所以我示意迪潘繼續告訴我他的分析。

迪潘接著說，兇手進出用的是同一種方式，然後他讓我回想發現屍體的那間屋子的情況。

我想到，那裡有個五斗櫥，抽屜明顯有被翻動過的痕跡，但是因為我們不知道裡面原本有些什麼，所以我們不知道犯人從中拿走了些什麼。不過，那裡的很多衣服都還在。只是，抽屜裡的這些衣物應該是母女二人最貴重的衣物，如果兇手是賊，那麼他為什麼不偷走這些？還有那四千法郎金幣，為何原封不動？這些都證明兇手並不是為財而來。可見，員警僅憑列斯巴納太太在取完錢後不到三天就被謀殺這一點而逮捕阿道夫•勒•本，是十分不明智的。

卡米耶小姐被人用手活活掐死後塞進了煙囪，這種做法也令人費解。就算兇手毀屍滅跡才這樣做，那也說不通。因為當時很多人都聽到了卡米耶小姐的慘叫聲，在這樣的情況下，還浪費時間將她的屍體塞到壁爐裡並不明智。再者，想要把屍體硬塞進那麼狹窄的洞裡，必然需要巨大的力量。

04

另外一個讓人覺得不可思議的事情，就是壁爐上那幾大把花白的頭髮，那些頭髮被連根拔起。人的頭髮雖然非常柔軟，但是很有韌性，即使只是拔下二、三十根頭髮，都要使出很大的力氣，更何況那些花白的頭髮起碼有上萬根。由此可以想像拔下這些頭髮所用力氣一定非常大。

列斯巴納夫人的頭被割了下來，兇器是我們常見的剃刀。如果剃刀真的有這樣的威力，我想沒有人會在日常生活中使用它。迪馬醫生和愛迪安醫生告訴我們，列斯巴納夫人身上的瘀傷是鈍器所致，迪潘同意他們的看法，因為傷害列斯巴納夫人的就是院子裡鋪的石頭，她是被兇手從床頭那扇窗扔下去的。這就是為什麼她的頭髮在房間裡，而她的屍體卻在花園裡。

員警們的腦子給堵死了，他們沒有想到這種可能性，就像他們認為兇手不能通過百葉窗逃走一樣。

說到這裡，迪潘總結了到目前為止我們得到的資訊：淩亂的屋子、力大無比且身手矯健的兇手，毫無人性和動機的殘殺，刺耳的喊聲。迪潘問我有沒有頭緒，我只能認為這是一個瘋子。「瘋子也有國籍，他不可能讓人完全聽不懂。」迪潘一邊說著，一邊遞給我一小撮毛髮——這些是他觀察屍體時，從列斯巴納太太捏緊的手指縫裡拉出來的。

我看了以後感到十分害怕，我不知道那是什麼東西的毛，但我確定那不屬於人類。

迪潘沒有立刻解釋這是什麼東西的毛髮，而是給我看了一張紙。紙上畫著一幅草圖，那是卡米耶小姐喉嚨部位的黑色瘀傷與一排很深的指甲印——迪馬和愛迪安醫生認為那是幾塊瘀青和指痕。

迪潘說：「從這張圖上我們能夠看出，兇手的哪些手指掐得非常緊，而且他的每根手指都狠狠嵌在卡米耶小姐的肉裡，直到她死，一刻也沒有鬆手。」

我試著把手放在圖片上，模仿兇手的動作，但是無論我怎樣嘗試，都無法使自己的手指和上面的指痕對齊。迪潘說，也許是因為紙是平面的，而人的脖子是圓形的，所以才對不上。於是他把那張草圖包在一個跟死者的脖子差不多粗細的木棍上，讓我試著把手指放進那些痕跡裡。然而，這次比起剛才來更加困難。我的手指根本不能和那些痕跡完全吻合。於是我明白，這些痕跡根本就不是人的指痕。

顯然，迪潘對我的答案很滿意，他給我看了一段法國動物學家和古生物學家居維易的文章。這段文章介紹了一種生長在東印度群島的茶色大猩猩。這種動物生性殘忍，力大無比，行動異常靈活並且極好模仿。這些和這件血案的兇手的特點不謀而合，而且這種猩猩的爪指和那張草圖上的一模一樣。迪潘還告訴我，那撮茶色毛髮也和這種大猩猩的毛髮完全一致，所以這樁慘絕人寰的殺人案的兇手必是這種大猩猩無疑。

現在，我們還沒有解開這樁案件的其他細節：那個粗聲粗氣的人是誰？

進入屋子的證人都表示聽到了兩個人在爭吵。那個粗聲粗氣的人說法語，他的語氣聽上去是在規勸或者忠告那個尖聲尖氣的人——那頭大猩猩。所以迪潘猜想，那可能是一個法國人，他知道這件血案的內情。當然他本身可能和這件殺人案件沒有任何關係，他可能是那頭猩猩的主人。當那頭大猩猩逃進了列斯巴納太太的房間後，他雖然追到了那裡，但是沒來得及阻止它殺害列斯巴納太太和她的女兒。面對突然發生的慘案，他感到害怕，所以便逃跑了。也許他至今仍沒有抓住那頭猩猩。

這些都只是迪潘的猜測，迪潘承認他並沒有確實的證據，所以他也不敢確認自己的分析一定正確，比如，他無法確定那個法國人是不是真的與案件無關。

為了證實自己的想法，同時找出真相，迪潘在我們昨天回家的路上帶著我到《世界報》報館，讓報社登了一則廣告。迪潘說，這則廣告會把那名法國人帶到我們的寓所裡來。

這則廣告是這樣寫的：

招領

某日清晨我在布倫林中，找到了一隻婆羅洲種的茶色巨型猩猩。據說這頭猩猩歸屬於馬爾他商船上的一名水手，現在，只要失主能夠說明這頭猩猩的大致情況，同時願意支付少許俘獲費及這些時日的看養費，就可以將其領回。

失主請到市郊聖傑曼區××路××號三樓來商談具體事宜。

看到廣告後我明白了迪潘為什麼選擇《世界報》，因為這是專為航運界辦的報紙，很受水手們的歡迎，但我不明白的是，為什麼迪潘知道猩猩的主人是一名水手。

關於這一點，一向信心滿滿的迪潘也不敢肯定。他告訴我，他之所以得出這樣的結論是因為一小根緞帶。那根緞帶是他在避雷針柱腳下撿到的，它看上去油膩膩、髒兮兮的，正是水手繫頭髮時常用的那種緞帶。而且這根緞帶有一個特別的地方，就是它上面打了結，而這種結只有馬爾他商船上的水手會打。

因此，迪潘認為，這個法國人是正在馬爾他商船上工作的水手。當然這些都是迪潘的分析，沒有什麼依據。如果迪潘錯了，那麼刊登這樣一則廣告對我們也沒有什麼影響；但是如果迪潘的猜測是正確的，那麼這個法國人一定會來找我們，這樣迪潘的目的就達到了。

「你為什麼覺得那個法國人會來找我們？」我問。

「因為我分析了他的思維，就像那次我分析你一樣。」迪潘回答，「雖然這名法國人不想殺死列斯巴納太太和她的女兒，但這件命案與他並非毫無關聯。因為他知道案件的真相，而且他是猩猩的主人。他擔心自己因此獲罪，最初他也許會猶豫，不敢來認領猩猩，但是因為猩猩很昂貴，他只是一名水手，收入一定不多，所以他一定不會放棄這個價值不菲的寶貝。而且廣告上說發現猩猩的地方是布倫林，那裡離發生血案的地方很遠。這樣一來，他就堅信我們沒有把大猩猩和血案聯繫起來，畢竟那太過於稀奇了。再說員警都對這樁案子束手無策，就算他們真的想到和這頭猩猩有關，也不能證明他也一定和這件命案有關。」

迪潘接著說：「最重要的是，對於這名水手來說，刊登廣告的人已經知道了他和大猩猩的關係，包括他個人的一些情況，在他不確定此人究竟瞭解自己多少底細之前，他不敢不來。一方面他不願白白放棄這隻值錢的寶貝大猩猩，另一方面他又怕我們懷疑他跟他的大猩猩有什麼不妥，更害怕那頭大猩猩太過招搖。所以他一定會來領回猩猩，然後把它藏起來，等風聲過了再說。」

就在這時，我們聽到樓梯上響起了腳步聲。我和迪潘都很緊張，迪潘叮囑我準備好手槍，一定要鎮定，千萬不要露餡，一看到他的暗號就立刻開槍。

我們沒有鎖門，那個人直接走了進來。我們聽到他走上幾級樓梯之後，就停住了。我們知道他在猶豫。過了一會兒，我們聽到了他下樓的聲音。迪潘急忙奔到門口，正在此時，我們又聽到房外的人走了回來。這一次他沒有後退，一直來到了我們門外。我們能感覺到他停頓了一會兒，像是在下定決心似的，接著我們便聽到了敲門聲。

那是一名高大魁梧的男子，一副天不怕地不怕的樣子。迪潘興高采烈地把他請進我們的房間。他看上去肌肉結實，孔武有力，臉曬得黝黑，留著濃密的絡腮鬍子和八字鬍鬚，那張臉讓人一看便知他是一名水手。他給我們的印象還不錯。他帶了一根粗粗的橡木棍，除此之外再沒有其他武器，所以至少優勢在我們一邊。

他笨手笨腳地向我們鞠了個躬，用帶著幾分納沙特爾口音的法語向我們問好。迪潘直接詢問他是不是來領回那頭猩猩的，並誇張地告訴他自己非常羨慕他有這樣一個值錢的寶貝，這頭大猩猩看上去十分出色，並且隨意地詢問這頭猩猩的年紀。聽了迪潘的話，那名水手一下子放鬆了。他深深地吸了一大口氣，神情自然，就像心裡的一大塊石頭終於落了地一樣。他告訴我們那頭大猩猩至多四、五歲，然後他就焦急地詢問我們它現在在哪裡。

迪潘說：「我們的房間裡沒有飼養猩猩的設備，所以猩猩被寄養在附近迪布林街的一家馬房裡，明天早晨你就可以把它領走了。但是在那之前還有一個問題，畢竟我們已經飼養它這麼久了。」

水手立刻表示：「我一定不會讓你們白白受累。我會好好酬謝你們，當然要合情合理才行。」

「當然，你這麼說非常公平。」迪潘語氣平緩，聲音低沉。他一邊說著，一邊緩緩地走到門口，鎖上門，再把鑰匙放到口袋裡，這些動作一氣呵成，非常連貫。然後迪潘把手槍從懷裡掏了出來，將它放在桌上。

水手一看，臉頓時漲得血紅。他握著木棍掙扎著跳了起來，但又立刻坐了下去。他的臉色蒼白，一直顫抖不止，就這樣一言不發地坐在那裡。我十分同情他那副可憐的樣子。

等他的情緒稍微穩定後，迪潘說：「你不用這麼吃驚。我以人格擔保我不想害你。我們知道你和莫格街的慘案完全沒有關係，但是因為那隻猩猩，你和那起命案多少是有些牽連的。我們認為你是一個倒楣的受害者，你沒有犯罪，我們甚至認為你是一名誠懇老實的人。因為你原本可以順便拿走房間中的金幣和衣服，但是你什麼都沒有做。只是，現在有一名無辜的人因為這次事件被關在了牢裡，所以我希望你能把一切都說出來，因為只有你才知道這件案子的兇手到底是誰。」

聽了迪潘的話，水手的神色稍微安定了一些，只是還有些害怕。他想了想，最後下定決心要把一切都告訴我們。儘管他認為我們不會相信他說話，但他堅信自己無罪，所以即使他可能因此償命，他也要全都說出來。

原來，不久前他航行到東印度群島時，跟一個夥伴在婆羅洲內地捉到了一頭猩猩。後來他的夥伴死了，這頭猩猩就歸他一個人所有。

這頭猩猩野性十足，難以馴服，他歷經千辛萬苦才把它帶回巴黎，悄悄地將它關在家裡。他原本想等到猩猩腳上被甲板木刺扎壞的傷口好了之後就把它賣掉，卻沒想到，那天清晨，他跟幾個水手玩了一個通宵回到家之後，發現那頭猩猩撞破密室的門闖進了他的臥室。他看到那頭猩猩坐在鏡子前，模仿著自己的樣子，抹了滿臉的肥皂泡，拿著剃刀，正打算刮臉。

之前我們說過這種猩猩擅長模仿，它一定是透過密室的鑰匙洞看到主人曾經這麼做過。水手被這樣的情景嚇壞了，他下意識地給了猩猩一鞭子，就像每次它不聽話時，他所做的那樣。但是他忘了，現在猩猩不在密室裡，所以猩猩一看見鞭子，便立刻逃出房門，逃到了樓下，然後從開著的窗子逃到街上去了。

水手立刻追了出去。那頭猩猩手上仍然捏著剃刀，它不停地逃跑，還不時地停下回頭看看水手，對著他擠眉弄眼，指手畫腳。等水手快追上它時，它才又開始逃跑。就這樣，水手追著它跑了很久仍沒有抓到它。這時已經是淩晨三點鐘了，猩猩逃到莫格街後面一條胡同裡，就是列斯巴納太太家的樓旁邊。它看到列斯巴納太太家四樓臥室的窗子開著，便跑到屋子跟前，順著避雷針爬了上去，然後它抓住百葉窗，跳進了屋子。

水手看到它進了房間，頓時又驚又喜。喜的是，這頭猩猩應該會被困在屋子裡，他完全有希望把它抓回來，要是它想再順著避雷針爬下來，水手也一定能夠把它截住。驚的是，他不知道這頭拿著剃刀的猛獸會對屋子中的人做出些什麼事情來，所以水手只有緊跟著猩猩順著避雷針爬了上去，這對於已經習慣攀爬桅杆的水手來說一點都不難。

但是水手只爬到了和窗戶齊平的位置，就再也爬不進去了，他只能把頭伸到窗戶裡去看屋內的情形。就在這時，之前說過的那聲淒厲呼叫聲響徹了莫格街，那是卡米耶小姐的叫聲。

列斯巴納太太母女原本正在整理鐵箱裡的信件，她們把鐵箱放在房間當中，將裡面的東西全都散放在地上。她們穿著睡衣，想必是打算整理完就立刻睡覺。猩猩進來時，她們正背對窗戶坐著，所以她們沒能在第一時間發現家中闖進了一隻野獸。

水手看到那頭大猩猩正揪住列斯巴納太太的頭髮，用那把剃刀在她的臉上胡亂刮著。而她的女兒早就昏倒了，一動不動地倒在地上。猩猩把老太太的頭髮給揪了下來，恐懼和疼痛使得她拼命地掙扎，而她的叫喊聲激怒了猩猩。它用自己那條有力的胳膊使勁一揮，就這樣輕易地殺了老太太，同時在她的脖子上留下了那道割傷，然後它又殺氣騰騰地撲到卡米耶小姐的身上，用它那有力的可怕的爪子，掐住了那她的脖子，直到殺死了她才鬆手。

這時，猩猩看到了在窗戶嚇得目瞪口呆的主人，它以為主人還要用鞭子抽打它。猩猩知道，在密閉的屋子中它是逃不過挨打的，頓時剛剛的兇狠勁全都消失了。它只想掩蓋它犯下的罪行，於是焦躁地在房裡跳來跳去，砸壞了所有的傢俱，把小姐的屍體塞到煙囪裡，再把老太太的屍體從窗戶扔了下去。

就在猩猩拖著老太太的屍首走到窗戶時，水手嚇得滑了下去，隨即急忙跑回了家，沒有把這件事告訴任何人，他害怕一旦人們知道了兇手是那頭猩猩，就會把罪責歸到他的身上來。所以那時人們聽到的粗聲粗氣的法國話，是水手因為恐懼而喊出的，至於那個說不清是男是女，是哪國語言的尖聲尖氣的聲音就是那頭猩猩的叫聲。

案件到此真相大白，至於為什麼房間會變成一個密室，就只能說是一些巧合組合到一起的結果。猩猩在眾人破門而入前就已順著避雷針逃出了房間，而它在離開窗戶時又恰巧把窗子給碰上，更加巧合的是，它逃走的那扇窗戶的釘子又因年久而恰好斷成了兩截。就這樣，在我們到警察局報告了事實真相之後，可憐的阿爾・勒・本獲得了釋放。

當然事情並不是那麼順暢，因為這個結果是在迪潘穿插了一些個人意見之後才得到的。而且這次案件的偵破完全是迪潘的功勞，員警廳廳長忍不住冷言冷語地諷刺了他幾句，但迪潘表示對此完全不在意。

「讓他發發牢騷，不然他怎麼謀生。」迪潘說道，「我在他的地盤上贏了，如此便足夠了。老實說，這位廳長大人雖然城府很深，但實際上缺乏謀略，有智無謀，跟拉浮爾娜女神像一樣，有頭而無身，頂多只有頭和肩膀，像條鱈魚。但他到底還算不錯，尤其是他那套能言善辯的油滑特別讓人喜歡。他正是靠著這點為自己掙了一個智囊的虛名。總歸一句話，他其實是一個只懂得『否認事實，強詞奪理』的傢伙。」

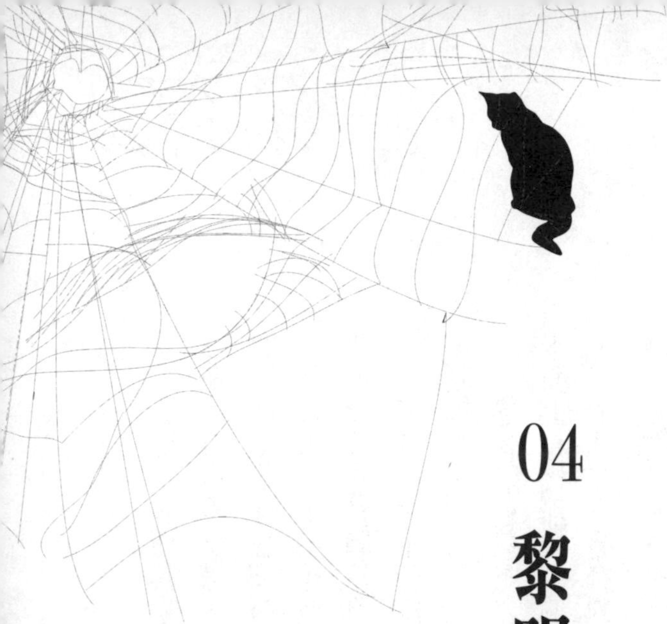

04 黎明之約

那是一個極其陰沉的夜晚，廣場上空空蕩蕩，肅靜一片，公爵府的燈火也在遠方慢慢熄滅，我正乘船順著大運河從畢亞契達回家。突然，一個女子歇斯底里的瘋狂叫喊聲，瞬間打破了黑夜的寧靜。我吃了一驚，不由得猛地站了起來。小船隨波而下，忽然間，公爵府的窗口和樓梯上出現了無數支火把，一時間整個公爵府燈火通明，將沉沉黑夜照成了朗朗白晝。

究竟發生了什麼呢？原來在這幢高聳的建築某層樓的窗戶處，有個孩子剛剛掉進了運河中，瞬間就被河水吞沒了。

儘管附近只有我們這一條船，但早有無數壯漢跳入了水中，他們努力在水面上尋找那個剛剛落水的孩子，但結果都是徒勞，此時孩子應該早已墜入水底了。在公爵府的大門口，地面用黑色大理石鋪成，就在這個離河水水面幾級臺階之處，立著一個讓人難以忘記的女人。她就是溫杜尼侯爵年輕的妻子阿芙羅蒂提，也是剛剛落入水中的孩子的母親。

此時孩子早已沉入了陰冷的水底，也許他正在痛苦地呼喚著母親那溫柔的愛撫，正試圖用盡全部力量向她靠近。而她孤零零地站在那裡，那雙潔白的赤足在光潔的大理石地面上顯得熠熠閃光。她那頭為舞會精心裝扮的頭髮，此刻早已鬆散不堪，但滿綴著鑽石的髮捲仍顯示出她剛離開舞會不久。

此刻她那對晶瑩透亮的大眼睛並沒有注視著這個吞沒她希望的河流，反而目不轉睛地瞧著截然相反的方向。

根據她的視線，我想她正在看著的是古老威尼斯共和國的監獄。我承認這是個有著輝煌魅力的建築，但在自己的孩子也許將溺死在自己眼前之際，這位美麗的貴婦怎麼還能有閒情去注視那冰冷的監獄呢？那邊監獄的牆壁正張著大口對著她臥室的視窗，在它的陰影之中，在它靜止的構造之中，在它青藤環繞的梁柱之上，究竟還有什麼值得侯爵夫人在千百次觀望後仍倍感興趣呢？

在侯爵夫人身後，長長的臺階之上站著的是衣冠楚楚、狀似門神的溫杜尼侯爵本人。他一邊不時對搶救工作指指點點，一邊無聊地撥弄一下吉他。

此時我心中極為驚恐，以至於我在聽到第一聲尖叫時就站起的身子遲遲無法坐下去。我想在當時那群激動的人的眼中，我一定像個幽靈一樣。河面上一切的努力都顯得徒勞無功，早先出力的人們也已經無奈地停止了搜索，看來孩子獲救的希望很渺茫。

就在此時，那個暗沉的古共和國監獄裡卻走出一個被斗篷包裹著的人，他在岸邊稍做打量後就一頭栽進了運河。

不一會兒，他就抱著孩子爬上了岸，站在侯爵夫人身邊，孩子仍然活著但呼吸微弱。他的斗篷因浸透了水而加重，於是他將斗篷扔在一邊。這時早已驚訝不已的人們驟然發現他是一個風度翩翩的青年，而且在歐洲大陸的大半地區，幾乎沒有人不認識他。

青年並未開口，而侯爵夫人也隻字未言！本來應該立刻接過孩子的她並沒有伸手，而是其他人默默接過孩子走進了公爵府。夫人站在原處，美麗的嘴唇在不停顫抖，她的大眼睛中溢滿了淚水。那個冰雕似的美人又活了過來！蒼白的臉上升起一片紅暈。她為什麼臉紅？對此我們不得而知。

除非因為剛剛救子心切，她慌張間衣裳不整，除此之外還有什麼理由解釋她的臉紅和心臟的狂跳呢？還有什麼能解釋她在溫杜尼侯爵一進府邸，就將那雙顫抖的手意外地按在了那位陌生人手上，並解釋她匆匆向他道別時那句低語——「就依你。」她說。我可能被水聲混淆了聽力，「就依你——日出後——個鐘頭——我們相約——絕不食言」！

騷亂平息，公爵府裡的燈光也漸次熄滅了。這位獨自站在大理石上的陌生人我早已認了出來。就在他想尋找一條小船時，我將船划向他，主動向他邀約，他欣然接受。此時他恢復了鎮靜，並熱情地談起了一位我們以前都認識的人。

在此我很樂意詳細描述一下這位陌生人的容貌。他的身高不高，不過當他激動時，他的個子會稍微升高，他體格輕盈，甚至略顯消瘦，不過危急關頭，他也會表現出自己的神力，像海格力斯一樣。他炯炯有神的大眼睛經常會隨著情緒的波動而不斷改變顏色，在我所見過的所有事物中，只有古羅馬皇帝康茂德的雕像才能與他端莊典雅的容貌相比。

然而，他的臉沒有特點，容易讓人過目就忘，但是這種遺忘中帶著點讓人想要永不停歇地回憶的欲望。

這並非因為在激情迸發之時，他無法將精神投射到自己的臉上，而恰是因為每在激情消退後，他明鏡般的面容上都留不下絲毫激情的痕跡。

那晚分手之時，他真誠地邀請我第二天一早再與他相見。於是，第二天我就應邀光臨了他的宅邸。他的宅邸在麗都區大運河邊上，陰沉卻極為壯觀。

我曾從報刊上瞭解到這位朋友非常富有，但對其中報導的巨額數目卻一直持有懷疑。此時當我環顧四周後，我相信了，我終於瞭解到一個能把房屋佈置得如此輝煌的歐洲富翁是什麼樣的。

室內燈火通明，從這房間的情況和我朋友的神情來看，我猜測他整晚都沒睡。而我此刻身處的房間，豪華得讓人眼花繚亂。舉目望去，皆是名家名作，房間裡豔麗的帷幔隨著低沉的樂曲輕輕地舞動，香爐中散發出濃郁的香味，搖曳著藍紫色的火焰。紫紅色的玻璃裝飾著房屋裡的每扇窗戶，初升的陽光從窗戶中傾瀉進來，在窗簾的映襯下或明或暗，煞是好看。

「哈哈哈！」主人大笑著示意我坐下，看出我的無所適從後說道：「我知道你對我的住處、我的身分、我的繪畫和我房間的佈置和裝修思想都感到吃驚，但是請原諒我，我的朋友，原諒我的無禮，你看來還很不習慣。不過，有的時候人笑也能笑死，但我想笑著死去一定是最輝煌的死法！你肯定記得一位傑出人士，湯瑪斯·莫爾爵士，他就是在笑聲中死去的。還有《荒誕集》中提及的很多人都是這樣輝煌地死去的。」

他思緒沉重地繼續說道：「你知道嗎，在城堡的西邊，也就是古希臘斯巴達的遺址附近，有一個石座，石座上至今仍殘存著幾個清晰的字母：ΛΑΣΜ，顯然這是ΛΑΣΛ的一部分。當時在斯巴達有供奉著上千尊神像的上千所神廟，為什麼僅有『諸神大笑』的聖壇保留了下來，這確實讓人奇怪！」隨後他話鋒一轉說道：

「不過我絕沒有嘲笑你的意思，全歐洲可能都再找不到一處像我這裡這樣精緻的小房間了。這裡絕不能僅用時髦來概括，不是嗎？過去為了避免招致別人的閒言碎語，也為了不褻瀆這裡崇高的藝術氛圍，我是從不在這兒接待客人的，而今天你是例外。往常在這兒只有我自己，連僕人都不能靠近，你也看到了，其他地方其實佈置得都非常庸俗。」

我點了點頭表示感激。「你看這兒，」他帶著我參觀他的房間，熱情地介紹道，「你應該也看出來了，這裡的很多畫都是古董級的。不過，在這裡，在這個房間裡，它們也只能起到掛毯的作用而已。而且我這兒還保存了一些學術界完全不知道的作品，其中既有一些無名畫家的傑作，也有一些聲名顯赫的大師級畫家未完成的作品。」他突然問我：「你覺得這幅《寶座中的聖母子》如何？」

「這是賈戈的真跡！你是怎麼弄到它的？它可是被譽為天下第一畫，與天下第一雕維納斯像並稱！」我激動地說。

他若有所思地說：「維納斯？那個小腦袋、金頭髮的維納斯？」說到這，他的聲音越來越低沉，低得幾乎聽不見。「就是那個左臂斷肢和整條右臂都被修復了的那尊維納斯像？但我以為，她的那條修復的右臂上有著太多矯飾的成分，不真誠。至於卡諾瓦那尊阿波羅像，也是個複製品！這是毋庸置疑的。當初我真是個笨蛋，竟然看不出阿波羅像中那種所謂的靈感！我真可憐啊，我忍不住要去喜歡那尊安蒂諾兀斯了。說出要雕塑家拿整塊大理石去雕刻雕像的偉人不是蘇格拉底嗎？」

我覺得這幾句詩倒是對我這位朋友很適用，關於他的精神氣質我說得不具體，但他的一些細微的小動作，或在詼諧的調侃中，或在　那間的快樂中所表現出的一些思考的小習慣，確實與常人大不相同。

然而，從他詳述那些無關緊要之事所用的語調中，我也不可避免地聽出了一絲緊張的痕跡，一種在任何時候都讓我疑惑，甚至有時會讓我有些許害怕的緊張和激動。他還常常話說到一半就停止，既像遺忘了前半句的內容，又像在仔細聆聽，似乎在等待一位早已約好的客人，或在傾聽只存在於他幻覺中的聲音。

就在他一次又一次冥思苦想之際，我拿起了放在旁邊土耳其矮凳上的那本《奧爾菲歐》隨意翻看起來。我發現了一個用鉛筆劃過的段落，這是第三幕的最末一段，也是整本劇碼中最感人肺腑的高潮段落。雖說這一段可能有傷風敗俗的嫌疑，但是男人讀到它都會激動不已，而女人讀到它都會歎氣連連。

那頁紙上佈滿了新近沾染的淚痕，旁邊的空白頁上則留有一首字跡潦草，用英文寫的詩，乍看之下倒不怎麼像我這位朋友之作，但仔細辨認卻是他的真跡。其文如下：

你掌控著我的一切，我的愛，
我的夢裡激蕩著你的浪花。
愛是汪洋中的一個小島，
島上綠樹成蔭，
一灣清泉，一座神廟，一片鮮花，
寄託著我對你濃濃的愛意。
啊，花開花謝，星升星落，
一個未來的聲音呼喊道：
「向前！前方真美好！」
但是在過去的海峽上，
卻徘徊著我的靈魂，
因為，於我，
早已熄滅了生命之光，

雷擊後的枯樹不再逢春，
受傷後的雄鷹不再高飛，
這種語言響徹陸地和海面。
現在我的白天全是夢境，
而我夜間所有的夢，
都是你光潔的赤足，
在義大利的小河邊，
在輕盈的節拍聲中，
還有你那美麗的眼睛，
像火焰般熊熊燃燒著。
啊，我要詛咒，
詛咒那將你推離我身邊的惡潮，
它將你推向功名和利祿，
推向那骯髒的枕衾和顯赫的老人。
別了，美好的愛情和溫暖的家園，
這裡的柳樹正為你傷心落淚！

我原先以為我的朋友不懂英語，但是這段用英語寫成的文字推翻了這個觀點。不過對此我並不驚訝，朋友的博學我早已深知，只是他不願意暴露自己罷了。但這首詩確乎讓我驚異了，因為它的成詩地點是「倫敦」。

我記得上次與他交談時，當問到他以前可否見過溫杜尼侯爵夫人時（她結婚前幾年住在倫敦），如果我沒記錯，他回答的是他從未去過倫敦。但我不止一次地聽到朋友們說他不僅生於英國，而且是在英國受的教育。

他掀開一道帷幕說：「我還有一幅畫想給你看。」展開的正是侯爵夫人的肖像！她的美任何畫師都無法詮釋，不過這張確實可以算是描繪她的畫作中最好的一幅了。

昨晚那個站在公爵府臺階上的風姿綽約的身影，突然又出現在了我的面前，但這幅畫中的她，笑容中隱藏著一種少見的、飄忽不定的憂鬱。她的右臂彎到胸前，左手向下指著一個形狀奇怪的瓶子，一隻嬌小的玉足和地面接觸。她的身體包裹在空氣中，隱約間漂浮著一對展開的翅膀。

「來吧！」他終於說道，走向一張金銀交錯的桌前，拿起盛有德國白葡萄酒的高腳杯說：「我們喝一杯吧！為那讓這些燭光黯然失色的太陽乾一杯吧！」他在與我乾了這杯之後，自己又接連喝了好幾杯。

「做夢，這是我全部的生活，」他又恢復了閒聊的口吻，「所以你看，我為自己佈置了這麼一間夢之屋，威尼斯再也沒有比我這更好的建築了，恢弘又大氣，這裡的一切都是按照我的要求來弄的。我想此刻我的靈魂像那個阿拉伯香爐一樣是扭曲的，錯亂的神經使我越來越適合去一個真正廣闊的夢之國，而我此時也正一步步向它邁進。」說到這兒，他忽然噤聲了，垂下頭似乎在聆聽一種我無法聽見的聲音。

最後他站直身子，高聲吟誦道：「等著我吧，我們在黃泉再會！」

接著他一下子撲倒在矮凳上，此時門上傳來劇烈的撞擊聲，正當我要去開門之際，溫杜尼公爵家的小侍童一頭衝了進來，哭喊道：「我的夫人！美麗的阿芙羅蒂提服毒身亡了！」我不知所措地衝到矮凳邊，想把這個消息告訴我的朋友，但此時他已全身僵硬了，看著桌邊破碎的高腳杯，我瞬間明白了一切。

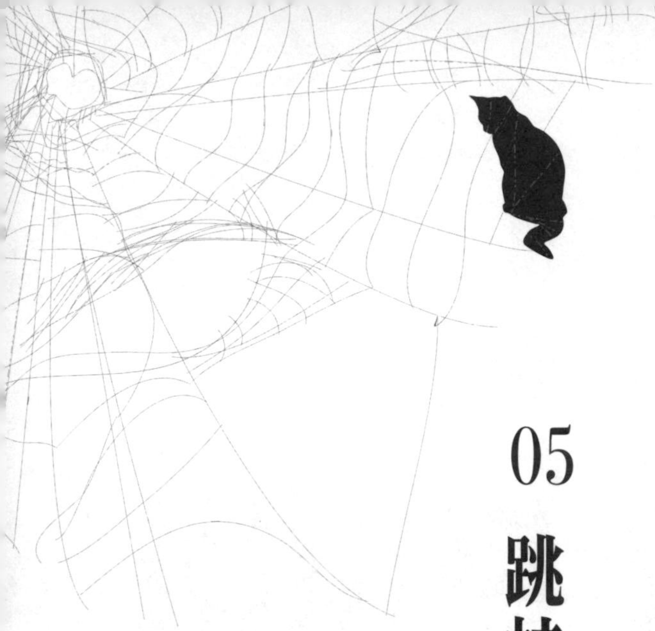

05

跳蛙

這個世界上最喜歡聽笑話的大概就是皇帝了，看起來皇帝的生活就是開開玩笑那麼簡單，那些受皇帝寵信的人必然能將笑話奇談講得生動而逼真。

那些最出名的笑話專家竟是御前七員大臣，他們每個都壯碩如牛、肥頭大耳，他們是蓋世無雙的小丑。我只是疑惑，肥胖大個兒的人是生來就有好開玩笑的嗜好，還是因為開了玩笑才心寬體胖的呢？但可以肯定的是，如果一個長得骨瘦如柴的人是小丑，那可真是罕見了。

皇帝喜歡琢磨旁門左道，而且從來都不屑於附庸風雅。他往往對猥瑣的笑話大加稱讚，並樂在其中。他厭煩過於文雅的笑話，討厭看伏爾泰的《查第戈》，卻寧可讀拉伯雷的《高康達》。

在發生這段故事的時間裡，職業小丑依舊活躍在宮廷中。那些所謂的在歐洲大陸上稱王稱霸的「強國」中，弄臣依舊被其豢養著。他們頭頂叮噹亂響的帽子，身著用鮮豔顏色拼成的衣服，在每次皇帝賞賜殘茶剩飯時，他們都插科打諢地感謝皇恩浩蕩。當然，我們這個故事裡的國王，也養著弄臣。說實話，國王必須看一些愚蠢的事來讓自己和御前七員大臣的聰明頭腦休息一下，這也是國王勞逸結合的方法。

國王寵信的那個小丑不僅是個個子不高的白癡，而且腿腳還不靈活，但是看在國王的眼裡，其身價就要比其他高出許多。那時在宮廷中，矮子和傻子一樣平常，很多帝王要是不取笑矮子，沒個小丑陪著笑鬧一場，就會覺得日子不好過。所以，宮廷裡的時光過得要比其他地方漫長得多。

文章的開始就告訴過大家，小丑的形象幾乎就被定義為豬頭豬腦，蠢笨異常，所以當國王看見跳蛙（弄臣之名）一個人比三個小丑還強的時候，心裡的得意就別提了。其實，「跳蛙」這個名字，在我看來，多半是出於他那不同尋常的走路方式。跳蛙走路的樣子把國王看得興高采烈，他走起路來邊跳邊扭，還引以為傲，因為就連國王那種肚子圓滾滾，頭大如斗的樣子都被滿朝文武視為美男子。

不過話說回來，造物主為了彌補跳蛙畸形的雙腿，便特地賜予他強壯的雙臂，他能在一切樹木繩索上表演絕活。不過，做這樣的事情時他就不像青蛙了，倒是與松鼠、猴子一樣。誰也不知道跳蛙的原籍具體在哪，只知道他出生在一個遠離皇宮的不知名的荒涼之地。皇宮中還有一個和他差不多高的年輕女子，居里佩泰，她體態勻稱，是個傑出的舞蹈家。當初，她一同被一位御前常勝將軍擄來，進貢給了皇上。

這兩個同病相憐的小俘虜很快就熟悉了，不久就結拜成了兄妹。跳蛙要是不能為居里佩泰效勞，哪怕把戲耍得再好，也無人問津；居里佩泰雖然個子不高，卻端莊大方，容貌秀麗，集三千寵愛於一身，而且不管何時何地，只要她做得到就會替跳蛙出頭。

有一次，國王決定在一個盛大的國慶日舉辦一次化裝舞會。每次這樣的化裝舞會都是跳蛙和居里佩泰兩人一同奉旨準備，特別是善於準備舞會節目的跳蛙，他能巧妙地編排奇特角色，張羅適合的服裝。如若沒有他的幫忙，就好像什麼也辦不成一樣。到了舉辦化裝舞會的那一晚，在居里佩泰的監督下，富麗堂皇的金殿上早已被形形色色的裝飾擺滿，這使得化裝舞會增色不少。

滿朝文武都已經心急難耐，很多人在很久以前就想好了自己要扮演什麼角色，可是國王和七位大臣還沒想好，如果這不是國王他們存心開的玩笑，那我也不知道是為什麼了。

時間很快過去，他們絞盡腦汁還是沒有決定，最後不得不下旨召見居里佩泰和跳蛙來幫忙。這對小夥伴奉旨前來時，正巧看見國王在和七位御前大臣喝酒取樂，只是皇上面有慍色。跳蛙不愛喝酒，因為一喝酒，自己就會發酒瘋，這可不是一件舒服的事情，這一點國王是知道的。可是國王就喜好惡作劇，拿人尋開心，便強迫跳蛙喝酒，這就是國王說的借酒「作樂」。

剛看見跳蛙和其夥伴進來，國王就直接說：「跳蛙，快過來，為你的故友先乾了這一杯。」跳蛙聽後，忍不住歎了一口氣，國王接著說道：「小子，快把酒喝了，然後給我們想一下我們要扮演的角色，要與眾不同的。」跳蛙依舊想插科打諢地叩謝聖恩，偏偏用腦過度，竟沒了任何主意。巧的是這天正好是命苦的跳蛙生日，在聽到為「故友」乾杯這道聖旨後，眼淚忍不住就掉了下來。他低下頭，拿過酒杯，大滴大滴的淚珠掉進了酒杯裡。伴隨著皇帝的大笑聲，跳蛙無奈地仰頭喝掉了這杯酒。

國王說：「你的眼睛比剛才亮多了，看這一杯酒的力量多神氣啊！」苦命的跳蛙一碰酒就醉，他現在的眼睛與其說是發亮還不如說是發光更恰當。酒力發作，跳蛙癡癡呆呆地朝著眾人一一看了過去，群臣正興高采烈地看著國王的「玩笑」起了效果。

「那現在開始說正事吧。」首相道。

「對，」國王道，「跳蛙，快給我們想角色，朕和七位大臣全都需要。哈！哈！哈！」

這根本就是一句玩笑話，七位大臣和國王一起笑了起來。跳蛙也跟著笑，只是笑得毫無氣力。

「你到底能不能想出主意？」國王等得不耐煩了。

「奴才正在盡力地構思呢。」跳蛙已經醉得晃晃悠悠了，有些魂不守舍地回答道。

「盡力！」昏君吹鬍子瞪眼地大吼一聲，「你什麼意思？哦，明白了，是因為心裡不舒服還要繼續喝酒啊！可以，把這杯喝了！」說著皇帝就親自倒滿一杯酒，賞賜給跳蛙。跳蛙傻傻地看著這杯酒，不說話只一個勁地喘氣。

「怎麼不喝！不喝你就去死吧！」昏君吼了一聲。

跳蛙猶豫不決，氣得皇帝臉色發青。居里佩泰的臉色一下變得慘白，輕移蓮步到御座下跪地苦苦哀求皇帝放過跳蛙。國王睜大雙眼看了居里佩泰很久，心裡詫異她今天的大膽。其實皇帝也不知道該怎麼做才好，不知道如何才能恰如其分地發洩怒火。最後，皇帝沒說話而是用力推開了她，並將一滿杯酒狠狠地潑在了女子的臉上。這命苦的女子大氣都不敢出，只掙扎著起了身，頓時周遭一片寂靜。這時卻響起了一陣低沉的嘎嘎聲，沒完沒了，彷彿從四面八方湧來。

「你做什麼發出這樣的怪聲音？」國王對著跳蛙大怒。

跳蛙

05

看樣子跳蛙已經清醒多了，他神色不變地看著皇帝，否認道：「奴才？怎麼可能是奴才呢？」

「國王，這聲音好像是從宮外傳來的。」一位臣子奏道，「依照微臣推斷，可能是鸚鵡在鐵籠子上磨嘴所發出的聲音。」

「愛卿所言甚是，」國王聽了這話，一下子安心許多，「不過我倒是覺得說不定是這瘸子在磨牙呢！」跳蛙聽了這話呵呵一笑，露出滿口嚇人的大鋼牙。皇帝本就知道跳蛙是個十足的小丑，看他現在這樣，倒也開心。跳蛙還答應國王要他喝多少就喝多少，於是國王馬上不氣了。跳蛙喝了一杯，卻並不見醉態，反而越發精神，大談化裝舞會的策劃。

「陛下，奴才有個想法，」跳蛙語氣淡定，「剛才陛下將酒潑在那個奴婢臉上之後，鸚鵡發出了嘎嘎的怪聲，這讓奴才產生了絕妙的靈感。那是流行在奴才老家的一種玩法，經常出現在化裝舞會中，不過那需要八個人。」

「現在我和七位大臣不是正好八個人嗎！怎麼玩，快點說！」國王心急道。

「奴才家鄉管這叫『八隻拴著鐵鍊的猩猩』，而且妙就妙在如果辦得好可以把女人嚇死！」跳蛙回稟道。

「太好了！就這麼決定了！」國王拍板道。

「那就全部交給奴才來辦吧。不過一定要辦得逼真才行，這樣才能讓別人恐懼，而且拴上了鐵鍊才會讓大家以為真的是逃出來的大猩猩呢。陛下，您試想一下，在一群錦衣華服的人中忽然出現了八隻拴著鐵鍊的猩猩，那樣的效果可是太震撼了！」跳蛙說道。

「跳蛙，如果你辦好了這件事，我會好好賞賜你的！」國王興奮地說道。

外面的天色已經暗了，皇帝和大臣們按照跳蛙的計畫開始各自準備。跳蛙將這君臣八人扮成猩猩自有目的，那方法看似簡單，卻靈驗得很。

跳蛙先給君臣八人穿上貼身的帶有彈力的布衣褲，浸透柏油，再把亞麻粘在柏油上，這樣就形成了一層厚厚的類似猩猩毛的東西。做完這些跳蛙又取來一條很長的鐵鍊，把皇帝和大臣一一拴好，圍成一圈。為了營造最真實的效果，跳蛙又按照婆羅洲人捕捉黑猩猩的辦法，將剩下的鐵鍊當做兩根直徑，交成直角，橫貫圓周。

化裝舞會在一座宏偉的圓形大廳裡舉行，這座大廳專為夜宴所設計，陽光只能從大廳頂部的一扇窗子裡射入。到了夜晚，這裡依靠一座吊在屋頂的巨大燭燈來照明。

雖然大廳內的佈置交由居里佩泰來完成，但一些細節問題則是按照跳蛙的意見來進行處理。居里佩泰按照跳蛙的意思撤下了吊燈，這是因為考慮到天氣熱會讓燭淚落下來，這樣一來難免會落到來賓的錦衣華服上。大廳的每個角落裡都擺上了燭臺代替吊燈照明，牆邊還設置了一排五、六十個女像石柱，每個女像右手各執一支火把，散發著馥鬱香氣。

八隻大猩猩為了製造最完美的效果，乖乖地聽跳蛙的話，耐心地守到半夜，在午夜鐘聲剛停，就迫不及待地一起滾進了擠滿賓客的大廳。原本是想衝進大廳的，奈何鐵鍊礙手礙腳，在衝進去的過程中八人絆倒了彼此，所以全都跌了進去。看著來賓們亂成一團，皇帝心裡暗自開心。

果然，很多人把他們當成了真正的猩猩，更是有很多女賓客被當場嚇暈。如果不是國王一早就換掉了大廳裡的全部武器，這時君臣八人估計早就血濺當場了。

混亂中，所有人都向出口逃去，可是出口早已被皇帝下令鎖上了，鑰匙則藏在國王身上。正當大殿裡亂得一塌糊塗的時候，當初被拉到殿頂用來拉住吊燈的燈鏈緩緩地降了下來，鏈鉤停在了離地面三尺的地方。國王和他的七個大臣跌跌撞撞地好不容易走到大廳中間，正巧在燈鏈的下方。

跳蛙一直悄悄地跟在他們身後，看到他們站住，就捏住綁在他們身上的鐵鍊那貫穿圓周的交叉部分。只見鐵鉤光芒一閃，鐵鍊掛在了鐵鉤上。正在這時，鐵鉤竟自動緩緩地升了上去，高得伸手夠不著鉤子了，八隻猩猩被緊緊地拉在了一起，面面相覷。看見這峰迴路轉的一幕，來賓們才安心下來並漸漸把這件事看成一齣滑稽劇。看著被吊起的八隻猩猩，眾人忍不住笑了起來。

「把他們交給奴才吧！」在一片喧囂聲中，清晰地傳來了跳蛙的聲音，「讓奴才看看，說不定會認識他們，只要讓我仔細看看，就能認出來是什麼人。」說著跳蛙就艱難地擠到牆邊，取了一支火把，重新回到大廳中心，俐落一躍，就跳到了國王的頭上，靈活得像一隻猴子。他又順著燈鏈向上爬了幾尺，拿著火把仔細打量這幾隻猩猩，一邊打量一邊嘟囔：「小的很快就能看出他們是誰了。」

看到跳蛙這一系列動作，讓全大廳的人包括八隻大猩猩都笑得肚子疼了。突然，小丑吹了聲口哨，燈鏈忽然猛地升高了三十多英尺，八隻垂死掙扎的猩猩被一同吊在了半空中，不著天不接地。跳蛙抓住燈鏈，依舊與八個人保持著一樣的距離，旁若無人地拿火把照著他們的臉，彷彿想從他們臉上看出什麼祕密一樣。

大家的臉色隨著燈鏈繼續上升而漸漸發白，大廳裡頓時一片寂靜，就這樣靜靜地過了幾分鐘，大廳裡又忽然響起了一陣低沉的嘎嘎聲，與當初國王潑酒在居里佩泰臉上時，聽到的聲音一模一樣。不過這可不是什麼鸚鵡在鐵籠子上磨嘴的聲音，而確確實實是跳蛙的磨牙聲。跳蛙咬碎一口鋼牙，怒火滿面，氣得快要發瘋了，他惡狠狠地盯著那八個人抬起的臉。

「哈！哈！哈！奴才現在可是真的看出這些是什麼人了！」跳蛙終於開口狠聲說道，一邊說一邊假裝更加細緻地打量起國王來，並把火把湊近皇帝，轉眼皇帝身上那層亞麻就被火舌所吞噬。人們被嚇傻了，他們愣愣地注視著八隻猩猩被烈火焚燒，連尖叫的力氣都沒有。片刻後，大廳裡才響起了尖叫聲，可是為時已晚了。

隨著火勢越來越大，整個場面已經到了無法挽回的地步，跳蛙不得不順著燈鏈往上爬了爬。

下面的人又忽然間變得鴉雀無聲，跳蛙趁機說：「現在小的可真是徹底地看清楚這幾個戴著假面具的人是什麼身分了，其中有一個人是我們敬愛的皇帝陛下，另外七個當然就是御前大臣！皇帝陛下居然打了一個手無縛雞之力的女子，七位大臣不僅不制止反而在一旁拍手叫好。至於我，只是一個小丑，一個叫做跳蛙的小丑，這是我人生中最後一齣滑稽戲。」

八隻猩猩身上粘著的亞麻和柏油都是易燃物，所以沒等跳蛙的話說完，八隻猩猩就已被燒成八團焦炭了，八具屍體面目全非，惡臭難聞，吊在燈鏈上晃來晃去。跳蛙將火把扔到了屍體上，從容不迫地從天窗逃離了宮殿，不見了蹤影。

聽說那時守在大殿頂上操作燈鏈的就是居里佩泰，她是跳蛙報仇雪恨的同謀，而且據說他們兩個人最終一起回到了家鄉，因為從那以後再也沒人見過他們了。

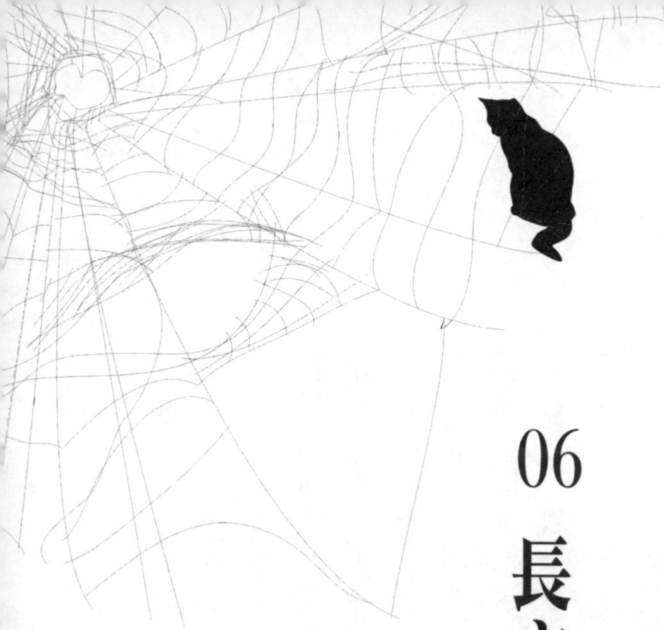

06 長方形盒子

還記得那是幾年前，有一艘叫做「獨立號」的豪華郵輪從南卡羅來納州開往紐約，我預定了六月十五日的船票。

十四日，我上船整理預訂的包廂，好讓自己往後幾天的行程舒適一些。在旅客名冊中，我發現了一個熟悉的名字：科尼爾・懷特。這位年輕的藝術家是我在北卡羅來納州大學時的同學，當時我們一見如故，形影不離，這段誠摯的友誼持續了很多年。我喜歡這個天才的藝術家，他身上集中了一個藝術家應有的一切天賦，敏銳、激情、孤傲。同時，他還有著世界上最為寬大而溫暖的胸懷。

郵輪上旅客很多，女乘客更是多得出奇。我走到懷特所在的客艙，發現有三個門卡上登記著他的名字。這是特別預訂的，他與妻子及兩個妹妹一起旅行。這裡的特等艙非常寬敞，每間客艙都有高低兩個床鋪。雖然床鋪有些窄，只能一個人勉強睡下，但我還是感到奇怪，他們四個人居然預訂了三間特等客艙。對這個多餘的客艙我產生了諸多猜測，我不得不承認有些推測近乎荒唐和齷齪。

儘管這與我毫無關係，但我仍在好奇心的驅使下決定解開這個謎團。翻看乘客名單，我發現原本名單上「及僕人」的字樣後來被塗掉了。很明顯，這家人並沒有帶僕人一起。「哦，對了，不是僕人，那一定是什麼特別的行李。或許是貴重的東西，比如說油畫。」我暗自揣測著，恍然大悟，「肯定是這樣，懷特之前可一直與義大利的猶太商人交易油畫呢，這樣的物品他肯定希望放在自己隨時能看見的地方。」我對自己的推測感到非常滿意，這件事隨即被拋到了腦後。

其實我與懷特的家人非常熟悉，他的兩個妹妹都是美麗聰明的女孩，但他的新婚妻子我還沒有機會見到，只是在與懷特談話時，無數次聽他講述自己對這個女子的狂熱愛情，讚美她非凡的美貌、常人難以企及的智慧和成就。因此我對這個素未謀面的女子充滿了好奇和認識的渴望。

得知懷特的妻子也會來，我就一直期盼當天能與她有一次會面，結果只等來了失望，哈代船長告訴我：「懷特夫人身體不適，明天起航時才會上船。」

第二天（十五日），我在趕去郵輪碼頭的路上遇到了哈代船長，他解釋說由於「一些情況」，「獨立號」可能要延遲幾日才能起航，到時將會通知大家。

「哦，真是一個愚蠢而又方便的托詞，」我想，「這股強勁的南風不正是航行所需要的嗎？不可思議的延誤。」但既然船長無意透露真實情況，再追問下去也沒有意義。

我回家度過了百無聊賴的一個星期後，總算收到了船長的來信，說郵輪即將起航。我趕上船，到處都是乘客，熙熙攘攘，忙著搬運行李，整理客艙，混亂不堪。

懷特一家比我晚來一點——他本人、新婚妻子和兩個妹妹。懷特仍舊透著藝術家的傲氣，甚至沒有向我正式介紹他的妻子，只是通過他妹妹瑪麗的寥寥數語，我與他的妻子就算是正式認識了。懷特夫人的面紗裹得密密實實的，但出於禮節，她除下面紗，向我鞠躬還禮。

憑藉對懷特多年的瞭解，我已經有心理準備，不能輕易相信這位藝術家對女性的讚揚及對美的評價，因為一旦說到「美」這個話題，懷特總是會進入理想中的、純粹的美的境界。但事實是，我還是震驚了，站在面前的懷特夫人，只不過是一個相貌再平常不過的女人，或者說，如果我能不甚冒昧地用醜來形容一個女人的話，那她已經差不多夠格了。然而，她身穿品質上乘、設計得體的精緻盛裝，足以看出她不凡的品味。因此我確定，她一定是用深刻的內涵和思想，俘獲了我朋友的靈魂，贏得了他的愛情。她的話很少，禮貌寒暄過後，就隨懷特先生進入了客艙。

06 長方形盒子

我初次登船時的疑問又冒上心頭，懷特一家沒帶任何僕人，我注意到不久以後碼頭上出現了一輛馬車，上面是一個長方形的松木盒子。似乎所有人都在等這件特殊的行李。盒子一到，「獨立號」就鳴笛起航，駛向了浩瀚的大海。

出於對盒子的好奇，從它出現在船上開始，我就盡可能精確仔細地觀察這個約六英尺長、二•五英尺寬的盒子。第一眼我就為自己早前的猜測自鳴得意起來，這簡直就是一個裝畫的盒子。盒子並沒有放在多餘的那個客艙，而是放在了懷特自己的房間。盒子占滿了整個小空間，外面用油漆寫著幾個潦草的字，散發出令人噁心的刺鼻氣味。「阿德萊得•柯帝士夫人，阿爾巴尼，紐約。科尼爾•懷特先生托運。此面向上，小心輕放。」盒蓋上寫著這樣的字句。居住在阿爾巴尼的阿德萊得•柯帝士夫人是懷特的岳母。

綜合推斷來看，這裡面極有可能裝著達文西《最後的晚餐》的複製品。我知道懷特一直在談一幅油畫的交易，這幅《最後的晚餐》是由小魯比尼在佛羅倫斯模仿繪製的，一度為某個猶太畫商所有。想到這天衣無縫的推理，我不禁大笑起來，懷特還故意寫了他岳母的地址，想給別人造成假像嗎？可這些都逃不過我敏銳的眼光和聰明的腦袋，想瞞過我的眼睛偷運一幅極品畫作去紐約，這還是頭一遭。我真是太精明了，想到這我得意地搖搖頭，決定找時機好好挖苦懷特一番，看他作何反應。

起初，郵輪在晴朗的天氣裡航行了幾天，每天都有耀眼的陽光照射在海面上，只是風向與航向相反，我們頂風向正北方前行。看著海岸線慢慢地消失在天邊，乘客們都興致高漲，在甲板上邊欣賞風景，邊彼此攀談，結交新的朋友。

懷特和他的妻子、妹妹們卻很特例。他們粗魯古板，對其他乘客極不友好，根本沒有心思搭理別人的熱情邀請。我早已對懷特古怪的藝術家脾氣習以為常，但他似乎比以前還要陰鬱孤僻，他的孤僻甚至傳染給了他的兩個妹妹。幾天的旅行過去了，甲板上幾乎見不到她們的身影，不知她們把自己關在客艙包房裡做什麼。我曾幾次大力邀請她們共進晚餐，與新朋友聊聊天，但都遭到了她們的拒絕，她們堅決不與船上的任何人打交道。

相比起來，懷特夫人的性情就好多了，甚至可以說她挺愛與人打交道的。她的交際手段也頗值得稱讚，有各種說不完的閒聊話題。沒過多久，她已經和船上的許多女士打成一片了，而她風情萬種地在男士間穿梭談笑，更讓我覺得不可思議，我很難找到一個恰當的詞語來形容這樣的狀況。後來我才觀察到，懷特夫人得到的嘲笑遠遠多於對她的讚美。她盡力地討好每個人，但男士們都對她沒有過多評價，女士們則評價她為「心腸還蠻好，但長相平庸，極度粗魯無知」。

很難相信懷特居然找了這樣一個女人做妻子，這就像一個精心設計的圈套。但我知道內情，懷特並不是貪圖這個女人的錢財，她沒有任何積蓄，也沒有賺錢的管道。懷特說過，他結婚只是為了純粹的愛情，他愛她，而新娘也是一個值得他愛的女人。這時，朋友的這番話讓我充滿了疑問，是懷特失去了感覺的能力？

換作任何人估計都會跟我有一樣的疑惑，一個藝術家，如此優雅智慧，對美有如此敏感的判斷和近乎執著的追求。但就是這麼挑剔的人，卻有一個無論在哪方面都無法與他匹配的妻子。

不過，看起來新娘非常喜歡自己的丈夫，不管他是否在場，她總是用「我最親愛的丈夫，懷特先生」來稱呼他。這樣不自然的強調顯得她非常可笑，因為所有人都能看出，懷特盡一切可能避免與她同時出現。

為了迴避她，懷特很少出現在甲板上。絕大多數時間裡，他都獨自待在房間，偶爾露面，也對妻子在外的所作所為不聞不問。顯然，他根本不在意妻子像蝴蝶般在一堆男人中間跑來跑去，盡情取樂。

於是我根據所見，作出了如下推測：命運是種莫名難解的東西。懷特，這位藝術家在命運的無常支配下，接受了極端而狂熱的激情的支配，或是突發奇想，或是他被蠱惑了，因此才與這個平庸粗魯，根本配不上他的女人結了婚。這個推斷作出後，我隨即對這個女人，對整個事件產生了深深的厭惡。我同情懷特，想把他拯救出泥沼，但我做不到完全忽略他背著我偷運油畫這件事，這傷害了我對他的信任與友誼，我要對他進行報復。

第二天，趁著懷特到甲板上的機會，我親切地挽著他來回散步，像以前一樣，隨意地談話，排遣他的憂鬱。可是沒起到什麼作用，他的臉像幾天前一樣陰鬱，沒有任何表情。他不願交談，只在被逼無奈時，才從牙齒中擠出幾個字，隨意打發我的問話。

我試圖說幾個笑話讓他高興，可他只是勉強地在臉上堆出一個比哭還難看的微笑。真是可憐的懷特，不過，娶了這麼個妻子，大概換作任何人都只能強顏歡笑吧。我把話題轉到那個長方形盒子上，比喻、諷刺、旁敲側擊，我用盡渾身解數說了很長一串話，以便讓他明白，我看穿了他所有的把戲，他最好能看在朋友的情誼上對我坦白。

我的計畫是這樣的，第一步撕下他虛偽的面具。所以，我仔細地描述了那盒子的形狀、尺寸等細節，同時對他眨著眼，露出心照不宣的笑容，並用手肘碰了碰他的肚子。懷特激烈的反應讓我立刻相信，我的猜測完全正確。最開始，他好像根本聽不懂我的話，面無表情地瞪著我；慢慢的，似乎我的話語滲進了他的腦子裡，他睜大了雙眼，眼球好像要從眼眶中掉出來一樣，佈滿血絲。他的臉由通紅瞬間變為慘白，然後，突然狂笑起來。他越笑越大聲，我不知所措地看著他近乎瘋狂的大笑，持續了十幾分鐘後，他直直地摔在了甲板上，僵硬的，沒有了任何反應。我嚇得急忙跑過去扶他，可他渾身冰涼，已經完全喪失了生命的跡象。

我被眼前的景象嚇壞了，大聲呼救，問船上有沒有醫生，大家手忙腳亂地對懷特實施各種急救辦法。終於他有了呼吸，過了好長時間，他才慢慢甦醒。只是，他一直喃喃地說著誰也聽不懂的話。我們毫無辦法，只好給他放了血，他才終於安靜下來。

神奇的是，他的身體第二天似乎就完全恢復過來了，可精神仍處於崩潰的狀態。船長認為他肯定得了精神錯亂，建議我不要再跟他見面，並警告我不要對這件事大加宣揚，以免再生事端。

後來幾天，我的好奇心被接下來發生的幾件事再度挑起。有兩個晚上，我因為喝了太多的茶而輾轉難眠、神經高度緊張。我的房間和其他單身男子的一樣，都是正對著主艙的餐廳。僅有一道小滑門，隔在懷特的三個房間與我所對的主艙中間，這道小門從不上鎖。最近幾天，海上航行的風總是很大，這些天船一直向下風方向傾斜得厲害，而每當船體傾斜時，這個滑門總會自動滑開。

很湊巧，我的房間剛好可以透過開著的滑門清楚地看到懷特的三個房間，清清楚楚。每晚十一點，懷特夫人都準時溜出他們的房間。他們實際上各有各的房間，是分居的，因為懷特夫人一直待在那個空著的包廂，直到天色微明，懷特去叫她的時候才回去。我想他們一定是在計畫離婚，所以堅決劃清兩人的界線。我一直好奇的那間多餘的包廂，原來是為這準備的。

而另一個情況更讓我感到興奮。每當懷特夫人消失在另一個包廂後，懷特的屋裡總會傳出一陣窸窣的響聲。剛開始我聽得並不真切，只依稀辨別出那是非常小心的、仔細壓低的聲音。

我聚精會神地聽著，不一會兒習慣了之後，我認出那是懷特用木槌或鑿子這類工具打開長方形木盒的聲音，鑿子顯然用軟布包住了，所以聲音才顯得特別低沉。

聽著聽著，我逐漸能從聲音推斷出他的動作，辨別出他先把蓋子打開，放在下面的床鋪上。因為盒蓋碰著床邊會發出輕微的「啪嗒」聲，包廂裡沒有別的地方能擺放盒蓋。他的動作非常小心謹慎，之後再沒了任何動靜。直到清晨，都是一片死寂。天亮前，我又才聽到懷特重新蓋好盒蓋，接著他穿戴整齊地從房間裡出來，去叫懷特夫人。

可是在這長長的平靜中，我似乎聽見了陣陣呢喃和壓抑的啜泣，但又似乎聽不見，似乎是歎息，但又似乎什麼都不是。我想也許是我過於集中而產生的想像吧。毫無疑問，我想，懷特只是又突然沉溺在對藝術的癡迷中了。他每晚小心地打開盒子，欣賞那幅精緻的難得畫作。至於啜泣聲，或許根本就沒那麼回事。

「獨立號」在海上航行的第七天，突然遇上了一場猛烈的西南風。在早前與惡劣天氣的較量中，我們的船隻做好了充分的準備，但是由於風過於猛烈，我們不得不放下桅杆和帆，在海上順風漂流。就這樣漫無目的且安全地過了兩天，海水暫時沒有侵入船艙。

但風越來越大，船在風口浪尖上與海浪搏鬥著，船帆也被狂風撕扯成條狀。突然幾個大浪打來，整個左舷的舷牆都消失了，幾個人和廚房被捲入海浪中。我們還來不及反應，前桅帆就成了碎片，我們勉強支撐著，又航行了幾個小時，終於在起風的第三天，船支持不住，全面進水了。大家到處封堵排水，但還是沒能趕上進水的速度。最後，船身積水已達一米多，發動機也停止了運轉。

這簡直是令人絕望的混亂，我們盡一切可能減輕船的重量，讓它不至於沉沒，但水仍越灌越多。日落時分，就在我們近乎放棄的時候，突然颶風明顯減弱下來，海面恢復了平靜。

隨著雲層漸漸散去，明亮的月亮出現在海平面上，所有人都欣喜若狂，奔相走告。救生艇也可以使用了，我們看到了生存的希望，眾人齊心協力，費盡九牛二虎之力後，大救生艇終於順利地放到了水面上，大部分乘客和船員紛紛擠了上去。救生艇慢慢地朝陸地前進，失事的第三天，終於安全到達了港口。與此同時，船尾的小救生艇被船長留給剩下的十多名乘客使用。我和懷特一家都在這個小隊伍中，同行的還有一個墨西哥官員一家、船長夫婦和一個男僕。小船能經受住我們的重量而沒有沉沒簡直是個奇蹟，除了食物和必需的裝備，我們丟棄了其他一切東西，但讓所有人大驚失色的事情發生了。

小船剛要離開即將沉沒的郵輪時，懷特站起來，要求船長立刻掉頭回去，他忘了一件很重要的東西，那個長方形的盒子。船長生氣地對他命令道：「懷特先生，我命令你坐下！這艘小船承受我們的重量已經很勉強了，您要是再動來動去，馬上就會翻船了。」

「可是哈代上尉，我必須去取那個盒子！」懷特指著漸遠的郵輪大喊著，「我懇求您，那個盒子是那麼輕，根本沒有一點重量。看在上帝的分上，哦，天啊，船長。那盒子對我來說就如同生命一樣，求您把小船開回去吧！」

似乎有那麼一瞬間，船長的眼中閃過了一絲猶豫與憐憫，但他很快恢復了嚴厲，堅決地說：「對不起，懷特先生。我作為船長必須為現在小船上的這十幾條生命負責。請你坐下吧，我們是不能回去的。哦，上帝，大家抓住懷特先生，抱住他……別讓他跳海！他要跳海！船會翻的！」

在眾人手忙腳亂地想拉住懷特的時候，他已經躍入海中。由於失事郵輪引起的側風和海浪，小船被推得越來越遠。

我們束手無策，只能在船上看著懷特緊緊抓住一條垂下的繩索，以驚人的力量和速度爬上甲板，血紅著眼睛，瘋了一樣衝下船艙。郵輪在快速下沉，沒人懷疑這將是這位年輕藝術家的葬身之地。在大家為他祈禱的時候，懷特突然出現在甲板上，以一人之力把那個長方形盒子拖了出來。他迅速地用一根粗繩把盒子和自己綁在一起，就在綁好的瞬間，他與盒子連同郵輪，一起沉入海裡，只留下一個巨大的漩渦久久沒有消失。

他再也沒有出現，我們停止划槳，悲哀地久久注視著吞沒他的漩渦。最終我們離開了，沒有人說話，也無話可說。過了很久，我打破了沉默，重新提起懷特。我問船長說：「您注意到懷特最後做的事情了嗎？他把盒子和自己綁在了一起，他們就那樣沉了下去。當時我還抱著希望，他可能會有生還的希望呢。」

「他會回來的。」船長回答道，「他會立刻沉下去，但等鹽溶化了以後，他又會很快地浮上來。」

「什麼，鹽？」我太驚訝了，大喊出來。

「不要大驚小怪，先生。」船長邊說邊指了指懷特的遺孀和妹妹，「現在請您安靜，等過些時候，一個更恰當的時間，我再詳細跟你說吧。」

經過四天在海上的掙扎，我們倖存了下來。多謝老天保佑，儘管痛苦艱險，但我們仍在一個小島登陸了。在小島上，我們待了一個星期，之後隨沉

長方形盒子

船打撈人員一起回到了紐約。

一個多月後，我邂逅了哈代船長。自然，我向他詢問起我一直迷惑不解的事件，也正是這時，我才得知了懷特的悲慘遭遇。

正如我前面提到過的那樣，懷特為自己和妻子、兩個妹妹和一個僕人訂了包廂，而他的妻子也確實如他跟我說起的那樣，是個非常美麗聰慧的女子。然而天有不測風雲，就在我第一次上船收拾包廂那天（六月十四號），新娘暴病去世了。深愛她的懷特痛不欲生，但他必須去紐約，把心愛的妻子帶回到她母親身邊。但沒人能忍受他帶著一具屍體上船，世俗的偏見和流言都不允許他公開這麼做。

無奈之下，哈代船長想出了辦法。他安排人給屍體做了防腐處理，並在裝屍體的盒子裡放入了大量的鹽，這樣可以避免屍體的腐壞和潮濕，然後那盒子被當做貨物運上了船。

懷特夫人的死沒有對任何人說起過，所以必須找一個人假扮她。懷特說服了妻子以前的女僕來做這件事。因此，每晚這個假冒的妻子都睡在另一個房間，白天就盡可能扮演好她的女主人，所幸這艘船上沒有人見過女主人的真實相貌。

我低下頭，暗自神傷，愛管閒事的衝動脾氣，讓我懷疑了最好的朋友的品格。我再也沒見過懷特，但每天夜裡我都輾轉反側，難以成眠。每次閉上眼，都能看見一張扭曲的臉，而近乎瘋狂的笑聲在耳邊迴蕩，久久不能散去。

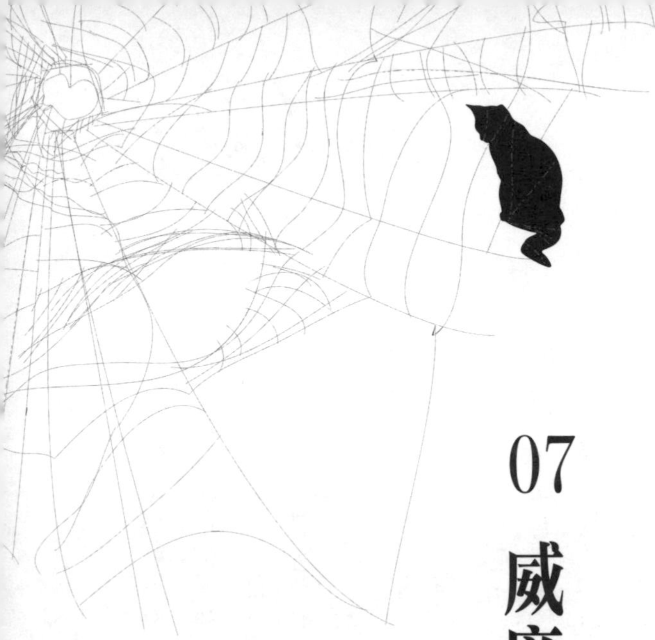

07 威廉之死

我暫時稱自己為威廉・威爾遜，不要好奇我的真實姓名，何必用我的真實名字玷污眼前的白紙，這名字已經讓我的族人飽受侮辱、憎惡和輕視了。那些憤慨激昂的言語，難道還沒把這聲名狼藉的人所犯的錯傳到天涯海角？

啊，自甘墮落的浪子，難道你真的對人間心如死水，真的厭倦塵世的名譽、金錢，厭倦了鮮花，放棄了許願？這些年來，我遇到了很多無法說明的事情，也犯下了滔天的罪行。在最近的歲月裡，我突然跌入谷底。如今，我決心將這一切和盤托出。

人們通常是一步步走向深淵，而我卻在一夜之間，就變成了惡人。所有的德行，所有優雅的舉止都在某一刻，被人從身上完整剝落，就像是脫去了衣服一樣。我站在巨人的肩上，越過了邪惡的地方，墜入了比依拉加巴勒那類滔天罪行還要難以諒解的深淵。

究竟是為什麼，究竟是什麼原因促使我犯下了滔天的罪惡？請讓我說出來。在死神面前我反而變得坦然，死亡的陰影反而讓我平靜，在臨死之前，我渴望得到世人的同情——我差點說成了憐憫。

變成現在這樣的情形，並不是我一個人的錯，我只希望他們能夠相信，我是被那摸不著看不見的命運之力操控至此。希望他們看了我所講述的事情後，能夠在我的罪惡沙漠中，找到一塊綠洲，看到我內心柔軟的地方。我希望人們能認識到，在誘惑面前人無能為力。也許他們沒有面臨著和我面臨的一樣大的誘惑，所以還不曾墮落。難道這人世間真的一片和諧美好，難道只有我一個人生活在現實中？人世間這些荒誕離奇的幻想，怎讓我不恐懼害怕？

我們這族人，一直以脾氣暴躁、善於想像聞名，我完全繼承了家族特徵。隨著年齡的增長，這些特徵越來越明顯，由於各種各樣的原因，不僅我身受其害，就連我的朋友也因此變得焦躁不安。所以我時常孤身一人沉溺在幻想之中，固執且情緒失控。我家的大人們並不是沒費心幫我矯正，只是他們也同我一樣優柔寡斷，最後在我的壞脾氣面前俯首稱臣。從那時起，在家裡，我的話就是聖旨，在別的孩子還需要父母牽著走路時，我已經開始自立，面對事情只遵循自己的判斷。

關於學校，我總記得最早接觸時，有一幢伊莉莎白女王時期流行的建築。它的結構不規則，有巨大的窗戶、長且陰暗的迴廊，還有高聳入雲的大煙囪。那個屋子應該位於倫敦一個霧氣籠罩的村子，房前屋後有許多參天大樹，周圍所有的建築都古老且破舊。

不過，這樣的一個古老小鎮的確是個能夠安撫人心的避風港。在我的想像中，我正一個人漫步在林蔭道上，不時嗅到灌木叢散發的芬芳，聽到從遠處傳來的空靈的教堂鐘聲。那鐘聲每隔一小時就突然敲響，有些陰沉。鐘聲在漸漸暗淡的天色裡靜靜迴盪，被歲月侵蝕了輪廓的哥德建築也藏在暮色中，安靜地睡去。也許，讓我仔細回憶一番，我會比做現在的任何事情都開心、快樂。準確地說，我現在是聚集萬千悲情於一身。

這千真萬確，請原諒我這樣毫無章法地寫著這些小事，我只是為了給自己尋找一些短暫的慰藉，讓自己不那麼悲苦。雖然這事情看起來只有芝麻大小，甚至有些可笑，不過於我而言，特殊的時間、地點十分重要。現在的我，甚至能夠意識到，那時候命運就已經為我敲響了警鐘，給過我忠告。在以後的歲月裡，那種忠告一直伴我左右。

我說過那建築有些古怪，房子前面的院子十分寬敞，院牆用磚頭堆砌而成，十分堅固。牆頭上還插滿了碎玻璃，就像牢房似的。當時的我們就被圈在這樣一個院子裡，每週只有三次出去的機會。一次是在週六的下午，我們排著隊由兩位老師照看著，規規矩矩地在田野散步；另兩次是在週日，去教堂做禮拜。

我們的校長是鎮上唯一一所教堂的牧師，我忘不了他在教堂裡走路時莊嚴的樣子。他總是一臉嚴肅地站在講壇上，身上的牧師袍隨風飛揚。他頭上的假髮，也鋪滿了粉。這難道就是不久前，那個手持教鞭，身著制服，看上去不近人情嚴格執行學校規章制度的校長嗎？

荒謬，甚至可笑，這是多麼自相矛盾的一個人。

在堡壘一般的圍牆角，有一扇笨拙的大門。門上滿是大頭的鐵螺絲，就連頂端也高聳著鐵釘尖尖的鋒芒。乍看過去，會以為是巨大的鐵皮怪獸，讓人不由得後退幾步。

除了我之前提過的定期出入時間外，那鐵門總是緊閉著。伴著鐵鍊吱呀的聲響，打開的門帶給孩子們一個龐大的世界，讓人深思。門的這一頭，則是一片安逸的小天地。形狀不規則卻很寬敞的院子裡的地面有許多地方都凹進去了，最大的三四個凹壁圍成了操場，那只是個鋪了上好沙粒的平坦地面。沒有樹，沒有椅子，沒有什麼能用來坐的東西，這些我都記得很真切。

屋子前面還有一個小花壇，裡面種著黃楊還有其他小灌木；屋子後面高大的樹木和灌木更多。不過對我們而言，小花壇就像聖地一樣，除非是第一次進校、離校，或者父母朋友來找，再就是我們高興地回家過節時會經過，其他時候，它就在那裡，讓我們瞻仰。

這幢宅第，對我而言是多麼的古香古色，長長的曲折蜿蜒的迴廊，多到數不清的房間，整幢建築像是迷宮一樣離奇。身在其中，你摸不清自己究竟在哪一層。

在我們眼裡，這幢宅第似乎就是個可以無限延伸的空間，世界上再沒有比這更大的了。在這裡我居住了五年，一直和其他一、二十名學生住在同一間小寢室裡，不過我們一直都沒弄清楚，這間寢室究竟在屋子的哪個角落。用來當我們教室的屋子更大。它吊起的屋頂並不是很高，整間屋子狹長，顯得很壓抑；房間的窗子是哥德式的，天花板則是橡木的。

就在教室的不遠處，有一個大概八九英尺見方的小屋子，那是我們校長兼當地牧師勃蘭斯比博士的密室。那屋子建得十分結實，屋門也很厚重，不過就算天借給我們膽子，主人不在時，我們也不會好奇去開那扇門。

聽說，那是屬於校長「授課時間」的屋子。在另外兩個角落，還有兩間樣式相仿的屋子，是教師辦公室，一個屬於「古典文學」教室，另一個是「英語兼數學」老師的，不過這兩間房子都沒有校長那間讓人肅然起敬。

我還記得，當時我們的教室裡，橫七豎八地散擺著數不清的桌椅。桌椅都是黑漆漆的，看起來年代久遠且十分破舊。桌子上亂糟糟地堆著翻開的書，桌面刻滿了各種稀奇古怪的字母和圖案——早在很多年前，它們就已經這樣了。教室的一頭，放著一個盛滿水的水桶，另一頭則是一個巨大的鐘。

在這裡度過的五年，是指從十歲到十五歲那五年。孩童時代，人們有異常豐富的想像力，對外面的事情不感興趣。那時有很多值得玩樂的，也用不著自己自娛自樂。

學校的生活看似枯燥單調，卻因為有著一群同樣天真可愛的玩伴而熱鬧非凡，就連成年後的那些燈紅酒綠也比不上這時候的熱鬧。但是，我必須承認，當時我已經開始長大，有很多地方不同以往，甚至打破了常規。總的來講，成年後人們很少能夠清楚地記得童年時候的影子，就算硬生生回憶起來，也是模糊不清的，像蒙著一層紗布，能夠回憶起來的多半是兒時的喜悅和愁苦。不過對於我而言，每當我回憶童年，就像是又看一遍電影一樣，畫面清晰，發生過的事情就像是非洲古國迦太基獎章的刻跡一樣清晰、分明且長久。

大概從那時起，我就已經能像成年人一樣感知發生過的事情。實際上，別人眼裡模糊的事實沒有什麼好值得回憶的，無非就是清晨起來，夜晚入睡；拿著書本朗誦，記憶，背誦；規定好的假期散步；要不就是和同伴在操場上嬉戲玩耍，做遊戲；調皮一點的喜歡搗蛋，惡作劇。

不過這一切正因為記不太清楚，而顯得格外珍貴。看著往昔平常的事情，也覺得有趣動人，會產生一種說不清道不明的情感。對比產生的刺激，也在心裡一次次地激蕩，童年真是每個人的黃金年代。

記得那時候，由於我天性熱誠、脾氣專橫，在同學中間漸漸有了名氣，自然而然地成了同齡人之間、甚至是比我大一些的人們的號令者。只是有一個和我不相干的人與我同名同姓，完全無視我的存在。這樣的事倒是沒什麼好奇怪的，畢竟，我的名字早就和普通的名字一樣，可以被平民擁有，早就不是貴族專用了。這裡，我所說的假名，威廉・威爾遜，其實和我的真名相差不多。

但是，在所有同學裡，只有這樣一個和我同名同姓的人，從來不聽從我的號令，從來不屈服於我。無論是課堂還是操場打鬧以及運動中，他總是跟我作對，他敢拒絕我的指令。這樣的人，在我號令的「同窗王國」中很難見到。可是他，不僅拒絕我，還敢於橫加干涉我的決定，不時打破我的專制統治。這個威爾遜，讓我頭疼極了，雖然表面上，我表現出對他不屑一顧，可是私下裡，我越來越害怕他，害怕這個輕易就能打敗我的傢伙。

我不得不承認，他是我唯一的對手。不過，說他能打敗我也好，與我不相上下也好，都只有我一個人能意識到。我的那些同學，都看不出這一點，甚至從來沒有懷疑過。說實話，雖然他一直和我較勁，放肆又持久，但是這種戰鬥一直很私密。他既沒有和我作對的野心，也沒有要戰勝我，總的看來，我倒是佔據了上風。不過我留意到，他跟我作對或許就是一時興起而已。或許他是為了阻擋我的專橫跋扈，也可以說幫助我克制自己，他每次在傷害我、侮辱我和反駁我時，語氣眼神中還夾雜著一絲不忍和溫柔。

這一點讓我心裡十分不舒服，我說不清自己究竟是自卑還是憤怒，或者說是被人看輕之後心生嫉妒。為了讓自己感覺舒服些，我把他的舉止歸結為他的自負，歸結為他希望以救世主自居。也許，正是因為我們舉止之中帶著一些親密，加上我們同名同姓又同一天入校，高年級有傳言稱我們是兄弟。不過這一點從來沒有高年級的人來證實。其實，威爾遜和我一點關係都沒有。

這一點，我必須重申。倘若我們真的是兄弟，那我們一定是雙胞胎。因為在我離開這個叫做勃蘭斯比的學校後，偶然得知，我們居然是同年同月同日出生的，都是在一八一三年一月十九日那一天，這一切實在是太巧了。雖然威爾遜老是和我吵架，但我一點也不恨他，只是他老反駁我，令我感到煩躁。我們天天吵架，不過當著外人的面，贏的總是我。他一邊讓我贏，一邊又讓我意識到如果他不讓我，他才是那個獲勝的人。

由於我們兩個過剩的自尊心，因此我們不過是「點頭之交」，但我們又真的志同道合，擁有一樣的興趣愛好。或許，我們所處的位置，就是我們一直沒有產生友情的原因。如果讓我對我們之前的感情進行描述，這真的是很難說清的一種感覺。對他，我仇視得有些任性，卻生不起恨意。我對他又愛又怕，又十分好奇。

如果以道德家的標準來衡量，我們反而是難捨難分的好朋友，即使這一點無關緊要。毫無疑問，我和他的關係十分反常，所以，我總是不遺餘力地攻擊他，無論表面上還是暗地裡，總是對他半真半假地開玩笑，卻從來沒有清楚地表達敵對。我的玩笑，總能在最要命的地方給他一槍。

但是，聰明反被聰明誤，我也有馬失前蹄的時候。這個同名同姓的同學，生來謙虛，待人溫和，卻也十分嚴謹認真，尤其是聽到跟自己有關的笑話，他簡直氣極了。在他身上，我只找到了一個弱點，就是他無論什麼時候都沒辦法提高音量。或許是我的這個對手患有的一種先天疾病，也可能是他的發音器官有些問題，他說起話來，總是輕聲細語，如果不是像我這樣結怨已深的對頭，恐怕從不會針對這一點羞辱他，但我怎麼會放過老天爺賜給我的機遇。威爾遜對我的報復也千奇百怪，他有一招百試不爽，讓我頭痛極了。誰知道他為什麼那麼聰明，能夠一開始就找出我的弱點，用些雕蟲小技，一而再，再而三地惹惱我，對於這一點我怎麼也想不通。

我這輩子最厭惡的就是自己的名字和姓氏，如果這樣普通的名字是獨一無二的也好，可偏偏平民百姓也有許多人叫一樣的。每次一聽到，我就像是喝了毒藥一樣，啞口無言。偏偏，我報到的那天就知道，另一個威廉・威爾遜也來這裡上學。那個讓我憤恨的人，總是在我眼前晃來晃去。

由於重名，我們時常被別人搞混。所以，一旦發現這個傢伙與我外貌和言行上有什麼相似，我就無法遏制地火冒三丈。最初，我並沒有發現我們的生日相同這樣駭人的事情，只是發現，無論是身高體形，還是臉部輪廓，我們都出奇的相像。所以聽到高年級的傳言，我頓時惱羞成怒，要是有什麼人敢在我耳邊提起，哪怕是說我們只有一丁點兒相似，都會讓我焦躁不安。

雖然我一再掩飾自己的情緒，但這的確是事實。他就在這樣的情況下，發現了我們之間的相似點，並借此說出我們是親戚的言語，讓此類流言風傳。這一切絕對可以看做是他極聰明的表現。對於我的言行，他都模仿得極為形象，無論是衣著打扮，還是走路的姿勢，他都演繹十分完美。唯一不像的就是我的聲音，他天生嗓子的缺陷，致使他即便模仿我說話，聽起來也像是我說話的回音。這形神皆像的模仿，讓我十分苦惱。

不過令我慰藉的是，這一切依舊只有我一個人注意到了，因此我只能容忍他那嘲笑卻又會心的笑容。看見我痛苦，他似乎很滿足，他一點兒也不關心他那精湛的模仿技巧有沒有博得眾人的賞識。不知道是不是他掩藏得太深，或許是他一點兒一點兒循序漸進的模仿讓人以為渾然天成，總之沒有人看出來，我也沒有落入他人的嘲笑之中。對於這些，我只能一個人思考並苦惱著。

我說過不止一次，他總喜歡以我的保護者自居，和我作對，總是給我迎頭棒喝或者一些暗示。我每每接受他的那些「好意」，心裡卻很反感。我漸漸長大，對於這樣的行為也越來越厭惡，雖然多年後想起，他的那些建議都很適當和貼切，給予我很大的幫助。就算他的聰明和處世的圓滑程度高不了我多少，但至少他比我有道德多了。

而且，我也不得不承認，如果當時他的那些金玉良言，我能夠聽進去一點兒，現在大概也就會成為一個善良快樂的人。不過這一切都是後話，那時那些勸說只是我耳旁的一陣風而已，我從來沒放在心上。最終，他對我沒了耐心，我也越來越受不了他的多管閒事和不合時宜，從而對他的憤恨也漸漸浮現出來。

我說過，在認識的開始幾年，我們兩個雖然有很大機會能夠成為摯友，可是到了最後的日子，他越來越懶得管我，我的恨意卻並沒有因此減輕。我猜他大概看出了我對他的討厭，於是他開始躲著我，或者說假裝躲著我。如果記憶沒出錯，那個時候，我和他大吵了一架，吵架的時候，我看出了另一個他，一個泛起警惕，公然跟我作對的敢作敢為的人。我也意識到，眼前的這一切，他的語氣表情，不知道藏著什麼，竟讓我錯愕地看到自己的嬰兒時期，那些混亂的往事鋪天蓋地地出現。

那時，我並沒有記憶，只是一種難以描述的感覺壓迫著我。換句話說，我產生了那種在很久之前就已認識眼前這個人的錯覺，又費力擺脫了，那也是我們最後一次談話。

在學院古舊的房子和那些不知道個數的房間裡，有幾個相通相連的大房間是用來當做學生宿舍的。這樣的房間，也有很多小角落和凹壁，以及其他零散的結構，自然也有儲藏室那樣只能裝下一個人的小空間。精明節省的勃蘭斯比博士，也把這樣的地方佈置成了宿舍，威爾遜就住在這樣一間屋子裡。大概是我在學校的最後一年，快要離開的時候，也就是剛剛提到的吵架的那個晚上，我趁著大家入睡，一個人提著燈，溜進威爾遜的房間。我心中早有計謀，一定要讓他意識到我的厲害，只是我一直沒那麼做而已，如今這大好時機，我一定要它變為現實，讓他感到我對他的怨恨和厭惡，比山高比水深。站在他的房間門口，我放下了手中的燈，小心地扣好罩子。我小心翼翼地走進去，確認他是否真的入睡。我慢慢地拉開床帳，看到光線下熟睡的人的面容，這就是威廉·威爾遜嗎？他就長成這樣。

可當我近距離真切地看到那張臉孔時，我就像受了寒一樣全身戰慄。我腦海中的他，絕對不是長成這樣的。我凝視著他，思考為什麼這張臉會嚇得我渾身發抖。我心亂如麻，各種各樣的想法、念頭一起湧入腦海。他醒著的時候，絕對不是這個樣子，絕對不是。同名同姓、同一天入校、相似的臉孔，這些還不夠，接下來他模仿我，固執又堅持地模仿，我的習慣、我的步態、我的聲音、我的行為，都漸漸變成了他的。他這些嘲笑我、諷刺我的模仿，居然讓他變成我看到的這樣？

這是真的嗎？我心中突然充滿了畏懼和崇敬，我要離開這裡，我熄滅了燈，逃離了這個學校，再也沒有回來過。

接下來的幾個月，我待在家裡。不知不覺，我變成了伊頓公學的一名學生，再過一段日子，對於勃蘭斯比學校的記憶，也模糊了。至少，每當想起時，那些真相、悲劇什麼的都雲淡風輕。

就算換到了伊頓公學，我對自己的質疑也沒有絲毫減少。一到新的環境，我就立刻投入到荒唐的颶風之中，心中那些刻骨銘心的重要印象早就被席捲一空，只剩下過往一些細碎的瑣事，腦海中也只遺留著過往的輕浮。

不過我可不想詳細敘述我那放蕩不羈又可悲的時光，除了虛度光陰，我沒得到任何收益，還沾染了不少惡習，並且難以改掉。在這三年裡，我的個子不斷地長高，甚至有些高得離譜。在一週的放蕩日子後，我邀請一些學生到我的房間偷偷舉辦了宴會。我們在深夜碰面，準備尋歡作樂一整夜。

就在我們的窮奢極欲達到頂峰時，天已經亮了，我正醉醺醺地喝著酒，要求再來一杯。突然一個僕人急切地敲門，說門廳有人找我，看樣子十分著急。我滿是醉意，聽到有人找就興奮地出去了，一點也沒擔心。

邁著酒鬼特有的踉蹌步子，我來到門廳，借著窗戶透過來的幾縷微光，我看見一個身材同我相仿，身著樣式新奇的雪白開司米晨衣的青年。那件衣服和我當時身上穿著的一樣，不過光線實在昏暗，我看不清他的長相。他一看見我，就衝過來，一把拉住我，在我耳邊低聲說道：「威廉・威爾遜。」

那一刻，我完全醒了。只見這個陌生人豎起一根手指在我面前，有些顫抖，發出古怪的嘶嘶聲，暗含著警告。不過我並沒有多大的觸動，只是十分驚訝。可是，當我聽到那幾個字時，我立刻像是觸電一樣。那感覺震撼心靈，過往的記憶一下子如潮水般湧來。當我緩過來時，他卻消失了。儘管當時我那混亂的記憶中，有鮮明的印象，不過隨著時間的推移，這印象漸漸變為碎片，消失了。

說實話，最初我還病態似的認真猜測，這個怪人是誰？我無法假裝不認識他，因為正是他不斷地干預我的生活，給我提出忠告。但是這個威爾遜究竟是誰，到底是幹什麼的，怎麼會突然出現，想要做什麼？

我沒有答案，因為當年我離開時，他也離開了那裡。過了不知道多久，我忘記了這個問題，動身準備前往牛津大學。我那虛榮的父母，不僅幫我準備好所有需要的用具，還給了我足夠的生活費。

在那裡，我能過盡情玩樂的奢華日子，那樣的生活想想就覺得美好。我馬上就要跟大不列顛那群傲慢的豪門子弟，比一比揮霍的能力了。我越想越高興，因為我有墮落的本質，我骨子裡揮霍的天性，在那裡發揮到了極致。我一直拼命地尋歡作樂，沒有節制，如果讓我來形容我的那段日子，我只能說，與希呂王相比，我有過之而無不及。如果要把我所做的事情列出來，在記錄這所慌亂大學的罪行路上，我只佔了不短也不長的一段。

難以置信，我就是在這個大學裡，變成了一個下流的賭棍。我耐心地學習賭術，並且越來越精湛，然後在那些低智商的同學裡面，大顯身手，增添自己原本豐厚的財產。我就這樣一次次鑄下大錯，論原因，可能是自己已經喪失了良心和德行。

不過那些圍著我轉，吹捧我的人呢？他們難道不應該站出來嗎？在他們的眼中，我威廉・威爾遜是慷慨率直的代表，是整個牛津大學裡最高貴的自費生，就連我的荒唐也比別人更離奇。如果說我有錯，那我只是錯在我天生的惡性，錯在對於奢華的迷戀。直到現在，我在賭場上只成功地耍了兩年花招，而且都跟學校那個叫做葛蘭丁寧的貴族有關。

據說他和希臘詭辯家希呂士・艾迪克一樣富有，他的錢財來得也容易。接觸下來，我發現他的智商遠沒有他的財富那樣豐富，於是自然地他就成了我行騙的對象。

我不時地慫恿他玩牌，然後使出賭徒的伎倆，先假意輸給他一些錢，讓他上鉤，然後漸漸地實施我的計畫。後來我在同樣是自費生普勒斯頓的宿舍又和他見了面，我意識到時機來了。不過坦白來說，他一點都沒懷疑我。為了讓這次的計畫實施得更順利，我特意找了七八個人，然後裝作不經意地提起玩牌的事。和我想的一樣，他立刻上鉤了。

如果想簡單地說一說我做的這件缺德事，絕對不能不提我那卑劣的手段。人們在賭博時，不是常常耍一些手段嗎，但總有人中招。夜深了，我們依然在賭錢，我的計畫終於成功了，現在牌桌上我唯一的對手就是那富有的葛蘭丁寧。我們玩的是我最喜歡的埃卡特，那是兩個人的紙牌玩法，每個人各發五張牌，第十一張為王牌，滿五分就算作一局。其他的人被我們一擲千金的氣勢吸引，都丟下手裡的牌，站在周圍當觀眾。那個暴發戶在我的哄騙下喝了很多酒，每次洗牌、打牌、發牌都緊張極了，不一會兒他就輸了一大筆錢。我耐心地等待著，果然，他為了贏錢，主動提出加倍賭注。

我裝出勉強的樣子推託，可是我的再三拒絕惹惱了他。他對著我破口大，見此情形，我才裝作不情願地答應了。當然，結果只是證明，他變成了我陷阱裡的獵物，掙扎不了多久了。

對於這一點，我很驚訝。在我的調查裡，他可是個富可敵國的人，這樣一筆錢他不會看在眼裡，而他的表現卻給我一種，他已經傾家蕩產的感覺。

07 威廉之死

我正決心收手，畢竟我要表現出我的大度，可是周圍的人早就在葛蘭丁寧絕望的歎息中傾向了他那一方。我當時是怎樣一個模樣？我不敢想像，看著葛蘭丁寧那可憐的樣子，所有人都愁苦不安。一時之間宿舍安靜了，那些圍觀的人，也有些向我投來不屑和輕蔑，甚至是責備的目光。

這一切，讓我感覺自己正在飽受火焰的煎熬。突然，門開了，　的一聲，連屋子裡的燭火也全部熄滅了，一個和我差不多高的陌生人，穿著披風闖了進來。他就站在我們中間，他說：「各位，很抱歉打擾你們，雖然我一點兒都不覺得愧疚。我來是為了讓你們認清真相，認清贏了葛蘭丁寧爵爺一大筆錢的那個人的本質。」

「如果你們有工夫，一會兒就檢查一下他左邊袖口的襯裡，還有那件繡花襯衣的口袋，裡面或許藏著些有趣的東西。」說完，他就像鬼魅一樣消失了，他那低沉的聲音，我一輩子也忘不了。我的心情不知道用什麼能夠描述，當我反應過來時，我已經被大家按在了地上。燭火亮了，我的伎倆被拆穿了，他們搜到了我藏著的紙牌，這在賭徒的術語裡叫做「鼓肚子」。

得知真相之後，我反而坦然了，無論他們怎樣憤恨地怒　，和我一點關係都沒有，他們的沉默不語反而讓我難過。屋子的主人普勒斯頓開口了，他低下身子，拿起腳邊一件毛色稀有的披風，說道：「威廉・威爾遜先生，這是你的東西。或許我們應該再搜上一搜，不過證明你那套把戲的證據已經足夠了。我希望你能夠明白，你必須馬上離開我的宿舍，甚至馬上離開牛津大學。」他的臉上掛著冷笑，只是看著我披風的褶皺。當時的我，就想找個地洞鑽進去，可是，我被一樣離奇的物品吸引了。

那就是披風，這樣的我居然在聽了那麼一段難聽的話後，沒有發火。我穿的披風，是用一種罕見的皮草縫製而成的，它的價格，我也不敢說，而樣式更是我自己設計的。

所以，當普勒斯頓先生從靠近門的地板上，又拾起一件一模一樣的披風交給我時，我大為吃驚。因為，我自己的披風已經搭在胳膊上了，而遞給我的那件，就連細節上也和我的一樣。

我清楚地記得，那個揭露我騙局的怪人，也披著披風，而我們這夥人中，除了我，沒人穿披風。我什麼都沒有說，什麼也沒表現出來，只是接過披風，頭也不回地離開了。

第二天一早，天還沒亮，我就逃離了這片土地，踏上了遊歷歐洲的旅途。我的心中充滿了愧疚，這漫無目的的慌亂逃竄，並沒有讓我擺脫厄運。確切地說，我就像是厄運手中的一個玩物。牛津只是個開頭，巴黎、羅馬、柏林、維也納、莫斯科，我所去的所有地方，都能見到那個混蛋的蹤影。少年時期的威爾遜，一直跟著我，管我的閒事，干涉我的雄心壯志。

這一切，讓我發自內心地詛咒他，不過每一次，我都只能慌不擇路地逃竄，可彷彿無論我逃去哪裡，他都如影隨形。我在心中不停地問自己：「他是誰？他要幹什麼？他從哪裡來？」不過，我始終沒有答案。為了得知真相，我開始仔細觀察分析他是如何監督我的，他監督的形式、方法，等等，不過我看不到答案。事實是他最近總跟我作對，而且每次都阻止我實施計畫，打亂我的行動。而如果我所做的能夠順利展開，一定會造成無法彌補的痛苦。

我沒辦法避免看到這個一直折磨我的人，他穿著和我一樣的衣服，小心翼翼地靠近我、干涉我，而且竭盡全力不讓我看到他的臉。不過，就算看不到臉，我就不知道他是那個威廉・威爾遜了嗎？真是此地無銀三百兩。

無論是在伊頓公學的忠告，還是在牛津大學的揭露，無論是妨礙我在巴黎復仇，還是阻止我在羅馬如願，難道他以為，我認不出這個不斷阻止我的怪人就是我小學時代的同學威廉・威爾遜？不可能，我一定要把這齣戲唱下去，一定要完成那最重要的一幕。

Allan Poe

迄今為止，我一直在他的掌控中。我知道，在他面前我有多麼軟弱無力，在他那高尚的人格和超凡脫俗的智慧面前，我就是個矮人。但是我也因此明白了，如果不想痛苦地屈服於他，最好的辦法就是盲從。可是最近，我開始酗酒，整日整夜地沉溺在酒精裡，於是，我的天性、我祖傳的脾氣發揮到了極致。我的脾氣越來越暴躁，我越來越無法控制自己，我開始抱怨、開始反抗報復。

這樣的念頭越來越堅定，而我也距離那個不斷折磨我的人越來越遠。難道這一切只是我的想像？就算這是幻想，我也感覺到希望。最後，我決定反擊，我不要再做別人的玩物，別人的奴隸。

羅馬狂歡節，我參加了那不勒斯公爵德・布羅里奧府上的化裝舞會。屋子裡人潮洶湧，空氣稀薄，我不由得豪飲開來。眼前鬧哄哄的一切讓我惱火，我穿過擁擠的人潮，開始尋找那位年輕放蕩的公爵夫人。別讓我說為什麼，並不是我卑鄙無恥，而是在私下裡，她就恬不知恥地跟我說，她會化裝成什麼。現在，我終於看到她了，我興致勃勃地走向她。就在那一刻，一隻手搭在我的肩頭，那該死的難以忘記的嗓音出現在耳邊。我頓時怒火衝天，一個急轉身，揪住了老與我作對的人的衣襟。不出我所料，他裝扮得和我一模一樣。我們都穿著西班牙式藍天鵝絨的披風，腰上別著猩紅色的腰帶，腰帶上還掛著一把長劍，就連臉上也戴著一模一樣的絲綢面具。

「你這個魔鬼！」我大聲叫道，心中的怒火越來越高漲，「騙子，壞蛋，你不要再糾纏著我，跟我來，讓我一劍刺穿你！」我拖著他到隔壁冷清的會客廳。我一進屋，就把門關上了。我把他推到牆邊，拔出長劍，「拿起你手中的劍，我要跟你決鬥。」

他先是猶豫了一會兒，又很快默默地拔出劍，做出防禦的架勢。實際上，這根本稱不上決鬥，幾秒鐘，我就已經把他推到了牆角，打算一劍刺穿他。那一劍，我用盡了全部力氣。看著他陷入這樣可悲的境地，我非但沒有放過他，反而多刺了幾下，以發洩心中的怒火。不一會兒，有人試圖弄開門鎖，我慌亂地堵在門口，生怕有人衝進來。

我回身望向我的對手，想看看那個瀕臨死亡的人，可是眼前的一切，讓我恐懼極了。

這個房間裡，居然立著一面鏡子，最初我以為是看花了眼，可是當我向鏡子走去的時候，竟看見面色蒼白、血跡淋淋的自己，正步態慌亂地走過來。那就是我，我剛才說我，那其實不是我，那是我的對手威爾遜！

他就痛苦地站在我面前，奄奄一息，面具和披風在地上攤著。他衣服的每一個細節，他臉部觸目驚心的特徵，沒有哪一點不同我一模一樣。那是威爾遜，只是他不再用低沉得類似耳語的聲音說話，他一開口，我簡直以為說話的是自己。

「你贏了，可是從此以後，你也死了。對世界、對整個人間，甚至對於希望而言，你都死掉了。我活著，你才活著；我死了，你也會消失。快睜眼看看吧，看看你把自己謀殺得多麼徹底！」

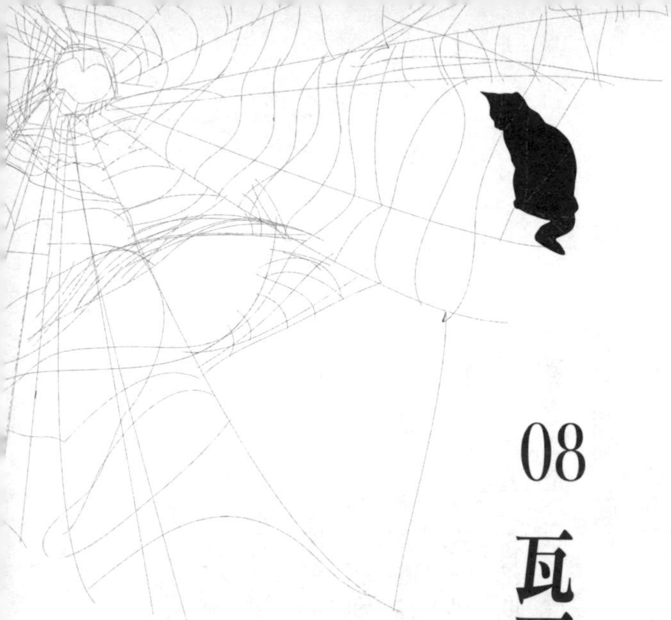

08

瓦爾德瑪的病例真相

三年來我一直對催眠術有著濃厚的興趣，但直到九個月前，我才發現我目前的研究存在一個不容忽視的大缺陷，那就是從未有人嘗試過「臨終催眠」。為了彌補這個缺陷，以下研究就顯得尤為重要：首先，研究病人對磁力作用的敏感度如何；其次，在敏感度存在的條件下，進一步確定磁力作用有無必要減弱或加強；最後，需要多長時間才能達到臨終催眠的程度。

我開始在身邊尋找合適的實驗對象。我想到的第一個人，是我的朋友恩斯特．瓦爾德瑪，他是《辯論學叢書》的重要編者，曾翻譯過席勒的詩劇，波蘭文版的《霍倫斯坦》和拉伯雷小說《加岡圖雅》。自一八三九年開始，瓦爾德瑪先生便一直居住在紐約赫勒姆區，他非常節省，下肢像美國的電影明星約翰．藍道夫，銀白的鬍鬚與烏黑的頭髮形成鮮明的反差，以至於常被人誤以為是戴了一頭假髮。

瓦爾德瑪擁有突出的神經質氣質，這一點恰是進行催眠實驗的最佳人選所應具備的條件。我曾毫無困難地對他進行過催眠，但是實驗的結果並不理想。他的意志似乎從未因我對他實施的催眠而受控於我，而且，催眠者本應顯現出超常的洞察力，但我幾乎從未看到過與此有關的可靠徵兆。

我把這一切歸咎於他患肺結核。他也習慣於此，面對臨近的死亡，他總能侃侃而談，其平靜淡定的神態，總讓人認為死亡對他而言不過是人生遲早要面對的一件事，因而也不必有什麼遺憾。出於熟知此人堅定的人生觀、在美國沒有親友而不會有人干涉這兩點考慮，我坦率地跟他說出了我的課題，他對此極感興趣。

這出乎我的意料，因為雖然他在此前的確爽快地答應做我的實驗對象，但他從未對我的研究表示過興趣。這次我們商定實驗就在醫生宣告他生命將要結束的二十四小時前進行。

兩個月後，我收到了瓦爾德瑪的便條，上面寫道：

親愛的畢：

現在你可以來了，迪大夫與費大夫都認為我活不過明天午夜。我想他們確定我的大限已經將近。

瓦爾德瑪

在收到便條的十五分鐘後，我到達他的房間。十天不見，他就發生了可怕的變化，他的臉色青灰若鉛，神情憔悴，顴骨上的皮膚開始皸裂，眼睛沒有了光芒，痰堆積在喉嚨中，脈搏微弱。

儘管如此，他仍保持著很好的風度，說話清晰並能自己服藥。我走入房間時，他靠著枕頭躺在床上，還能在筆記本上做記錄，兩位大夫站在床邊。與瓦爾德瑪握手後，我從兩位大夫口中得到了病人的詳細情況：瓦爾德瑪的左肺處於半骨質或軟骨質的狀態已長達十八個月，不再有生命力；右肺的上半部有一部分已經全部骨質化，剩下的部分則是互相合併的化膿性結核，其間潰爛出幾個大洞，粘連在肋骨上。

一個月前還沒檢查到右肺出現這種病症，可見其骨質化相當迅速，而潰爛則是三天前才出現的。醫生懷疑他患有主動脈瘤，但由於骨質化的症狀而不能確診。兩位大夫得出共同的結論，病人活不到星期天的半夜，而這時是星期六的晚間七點。

兩位大夫在跟我談論瓦爾德瑪的詳情前，就已經跟他做了最後的告別，在我的請求下，醫生才同意在次日晚上十點鐘再過來看看他。送走大夫後，我與瓦爾德瑪有過短暫的交談，涉及他的病情和我的實驗，他仍對其表示出極大的熱情並顯得迫不及待。兩名男女護士在一旁照顧病人，我還是擔心萬一實驗發生意外，僅靠他們兩位不足以證明，所以又邀請了一位名叫希歐多爾爾·艾爾的醫學院學生，為此還特地將手術時間改在第二天晚上八點。

我原計劃是等醫生們到來才開始實驗，但出於病人的催促，以及他愈來愈糟糕的狀況考慮，我不得不提前準備。

艾爾先生到來後，實驗正式開始。他按照我的意願，把所發生的一切都記錄下來。得益於他的記錄，我才可以在此複述該實驗的經過，這一過程有的被簡略，有的完全照抄記錄。

我花了五到八分鐘的時間，請求瓦爾德瑪先生盡可能地跟艾爾表述清楚，他是在完全自願的情況下同意做催眠實驗的。瓦爾德瑪先生的聲音微弱但很明白地回答我說：「是的，我完全出於自願接受催眠。」隨後他催促我不要耽擱。

我採用在之前的實驗中證實有效的方法對他進行催眠，用手大力地橫拍他的額角，雖然有一定的影響，卻無法產生進一步的功效。

十點後，迪大夫和費大夫應約前來，我向他們簡短地解釋了我的計畫。考慮到病人已奄奄一息，而實驗又必須繼續，所以我改橫拍為下拍，並把目光集中在病人右眼。這時他的脈搏似乎消失了，同時每隔半分鐘發出一次打呼嚕的響聲，這種情況大概持續了一刻鐘。之後從病人的胸腔中發出一聲沉重的歎息，然後呼嚕聲就變得不明顯了，但是頻率仍然一樣，病人的四肢逐漸冰冷。

接近十一點的時候，我看到了催眠的效果：瓦爾德瑪混濁的眼中流露出了只有夢遊者才有的驚恐神情。我很快地橫拍幾下，他的眼珠顫動了，像是剛睡著；我繼續對他催眠，他的眼睛就緊緊合上了。這還是不能讓我滿意，於是我就繼續盡我所能地對其進行催眠，直到病人雙腿僵硬才停止。現在他的雙腿雙手都僵直了，雙手遠離腰部，腦袋稍微抬起。

當這些都完成後，已是午夜。兩位大夫在我的請求下為瓦爾德瑪做了幾項檢查，檢查結果引起了他們強烈的好奇心，他們認為病人正處在非常奇特的昏睡中，除了費大夫表示要天亮時才回來外，其餘的人都留了下來。

之後我們不敢驚動病人，直到凌晨三點，我發現他仍保持著費大夫離開時的狀態：依然脈象微薄，呼吸緩慢，不用鏡子根本就無法看出他在呼吸，他眼睛緊閉，四肢僵硬，全身冰冷。我開始靠近瓦爾德瑪，並試著對他的右臂進行催眠，希望可以令他追隨我的右臂。這樣的嘗試在以往對他進行的實驗中從未成功過，所以這次我也沒抱希望。但是結果出人意料，雖然他的胳膊沒力，卻能跟隨我的手臂活動。我決定更進一步，說幾句話看看。

「瓦爾德瑪先生，」我說，「你睡著沒？」他不回答，但是雙唇輕抖了幾下。我一再重複該問題，問到第三遍時，他整個身軀開始輕微地顫動並顯得不安，眼皮動了動，露出一點眼白，嘴唇微抖，低聲說道：「嗯，我睡了，別讓我醒來，我要這麼死去。」

我感覺到他的四肢仍然僵硬，但是右臂還是能跟隨我做動作。於是我繼續問：「瓦爾德瑪先生，你覺得胸部還疼嗎？」這次他馬上就回答了我，但是聲音更低：「不痛，我正在死去。」我覺得不應該再問下去，就安靜下來等費大夫過來。日出前費大夫如約趕到，他詫異於病人竟然還活著，幾項檢查後他要求我繼續對病人問話，我按要求問道：「瓦爾德瑪先生，你還在睡嗎？」像第一次得到回答時一樣，問到第四遍，病人才回答我。這期間他似乎在集中自己所有的氣力。「我正在睡著死去。」這回答讓大夫認為他目前的情況穩定，建議在病人去世前不去打擾他。然而，我決定再對他重複我之前問過的問題。

這次的問話卻使得病人臉上的表情明顯發生了變化，他睜開眼睛，瞳孔已開始消散，皮膚變成白紙的顏色，臉頰上的潮紅瞬間消失。這種情形使我聯想到一口氣被吹滅的蠟燭。同時，他緊閉的上唇開始鬆動，下頜下沉，嘴巴大張，露出烏黑腫脹的舌頭。儘管在場的人都見識過人臨終前的恐怖，但是瓦爾德瑪這會兒的形象還是把大家嚇壞了。

現在到了本文的關鍵，讀者肯定會對此報以懷疑的態度，但我仍會繼續把該故事說完。

瓦爾德瑪的生命跡象已消失，我們託護士對其進行照護，這時他的舌頭卻用力地顫動起來，並持續了一分鐘之久。這期間，從他腫脹的喉嚨裡發出一種難以描述的怪聲，恐怖至極，我相信從沒有類似的聲音侵襲過人類的耳朵，它有兩個特點：一方面，它似乎來自某個遙遠的地方，更準確地說是來自某個地穴；另一方面，它又像某種濕黏的東西進入我們的耳朵。

在這樣驚悚的聲音中，我卻清晰地聽到瓦爾德瑪先生回答了我先前提出的問題：「我一直都睡著，但現在，我已經死了。」這幾個字造成了極度的恐慌，艾爾先生嚇暈了過去，護士們跑出了房間並拒絕回來。

在這段時間內我根本無暇顧及自己的感受，先是和兩位大夫一起想辦法讓艾爾先生甦醒過來，接著又去查看瓦爾德瑪先生的狀況：他除了呼吸已經停止外，其他情況仍然照舊。我們嘗試從病人的手臂上取血，但是失敗了，並且病人的右臂也不再跟隨我的手而有任何運動。這時我才發現真正受催眠術影響的部位原來是病人的舌頭，因為每次病人都在意志力已經明顯不夠充足的情況下，竭盡所能地回答我的問題，我懷疑他已經完全失去了知覺。隨後，我們設法找來了另外兩位護士。十點，我與兩位大夫暫時離開了這個房間，直到下午我們回來看望病人時，他仍保持原狀。

我與大夫們討論了喚醒瓦爾德瑪先生的可行性，以及這種做法的意義。不過，我們都有點擔心，因為是催眠阻止了瓦爾德瑪先生的死亡，如果我們喚醒他，結果可能是導致他瞬間死去，或者至少是加速了他的死亡。

從那時起直到上個週末的七個月中，每天都有醫務人員和別的朋友去瓦爾德瑪家裡。在這期間這位被催眠的人一直保持著原樣，護士也一直在照顧他。

上週五，我們最終決定做喚醒他的實驗。當然，最後的結果所有人都沒有料到，以至於知情的人們中產生了一波又一波的討論，甚至還引出許多不該有的邪念。這都是我不希望看到的。

我用了通常解除催眠的揮手動作來使瓦爾德瑪先生甦醒，但結果顯示這方法行不通。不過病人的眼球虹膜開始有部分下降，這是他甦醒的初步跡象。我們特別注意到，病人的瞳孔昏暗，並開始流膿，同時空氣裡充斥著令人作嘔的刺鼻氣味。我按照大家的提議，對病人的右臂施加影響，但這毫無用處。這時費大夫要求我對病人提問，於是我提出了下面的問題：

「瓦爾德瑪先生，請問你現在感覺如何？你還有什麼願望嗎？」儘管病人的上下頷和嘴唇仍非常僵硬，但是他那潮紅的雙頰上立刻有了反應：舌頭開始劇烈地顫動，臨終時出現過的恐怖聲音又發了出來：「請你看在上帝的分上，讓我睡吧！或者讓我醒來，好告訴你我已經死了！」

我所有的勇氣都在那一刻消失，並且不知所措起來。一開始我想讓病人鎮定，但顯然病人根本就沒這種意願，所以我只能重新嘗試喚醒他。我以為我會很快地成功喚醒病人，並且相信在場的所有人都已經做好觀看病人醒來的準備。

接下來發生的事，卻出乎所有人的意料。

病人的舌頭一直在發出「死了！死了」的叫喊聲，我在這聲音裡快速地做出了解除催眠的揮手動作，然後病人的整個身軀開始迅速地萎縮，在不到一分鐘的時間裡，他完全枯死在我手下，圍滿人群的病床上只剩下一團液狀的腐爛物，令人作嘔。

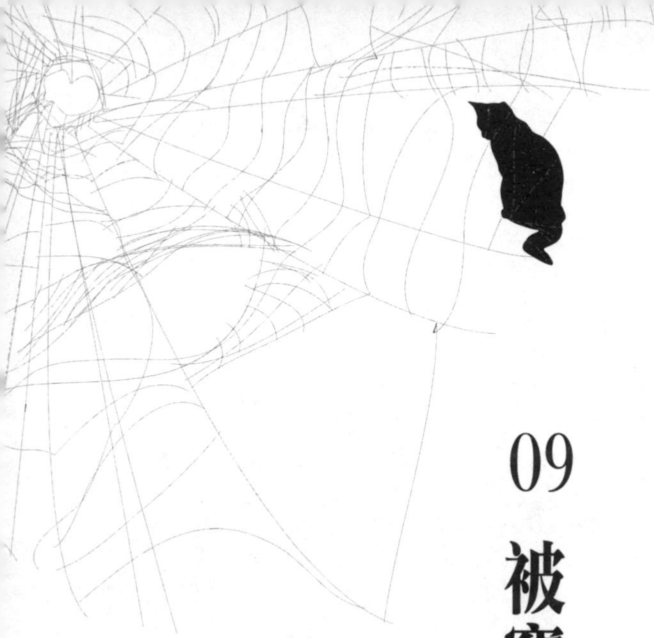

09 被竊的信

一個秋風蕭瑟的傍晚，巴黎剛被暮色籠罩，我和朋友奧古斯特·迪潘正坐在聖日爾曼舊郊區登諾街三三號四樓——他的圖書室裡，一邊沉思，一邊吸著海泡石菸斗。將近一個小時，我和他都沒有說話，因為我們的思緒還沉浸在黃昏時我們討論的那個話題中，我指的是瑪麗·羅傑謀殺案中的一些難解的謎。

因此，當圖書室的門被推開，走進來我們的老相識——巴黎警察局局長G先生時，我覺得這是一種巧合。G先生談吐有趣，這也是我們對他的到來表示熱烈歡迎的原因。他談吐的本領，差不多可以抵過他為人可鄙的一半，讓他不至於那麼討人厭。而且我們已經有幾年沒見過面了。

G先生進來前，我和迪潘一直坐在黑暗的房間裡。當G先生進來後，迪潘站起來，打算去點燈。這時，G先生說他之所以來拜訪，是因為想向迪潘請教一些很麻煩的公事。聽到這，迪潘又坐下了，沒去點燈。他說：「這種話題我們在黑暗中思考，效果會更好。」

「這又是你的怪主意。」G先生說。他習慣於把超過他理解能力以外的一切事情都叫做「怪」，因此，他幾乎每天都在過著很怪的日子。

「完全正確。」迪潘說，他遞給G先生一支菸斗，又給他推過去一把舒服的椅子。

我問道：「是什麼難題呢？不會又是什麼謀殺案吧？」

G先生搖頭說：「哦，不是的，完全和謀殺案沒關係。事實上，這個案子再簡單不過了，我們自己也處理得差不多了。可是，我覺得迪潘也許願意聽一聽其中的一些詳情，因為這件事確實怪得出奇。」

「又簡單又古怪。」迪潘說。

「嗯，這件事真是非常簡單，可我們現在完全沒有對付的辦法。」

迪潘聳肩說道：「也許正是因為案情簡單，你們才會不知所措。」

「你完全是在說廢話！」警察局局長笑道。

「也許謎底有點過分明顯，過於不言自明吧。」

「哎呀，老天爺！誰聽過這種話呢？」警察局局長說。

「哈！哈！哈！……」局長說著大笑起來，他覺得太有趣了，「迪潘，你把我笑死了！」

「這究竟是一件什麼樣的案子呢？」我問道。

「我這就告訴你。」警察局局長回答道，他在那張椅子上坐了下來，「我可以用幾句話告訴你，不過，在未說出來之前，我要先提醒你們，這個案子要求絕對保密，萬一讓人知道我向誰透露了消息，我局長的位置十之八九會丟掉。」

「說吧。」我說。

「你也可以選擇不說。」迪潘說。

「是這樣的，這個情報是一位地位很高的人親自通知我的，有人從皇宮裡偷走了一份極重要的文件。也知道偷檔案的那個人是誰，因為有人看見他拿走了。而且，也知道這份檔案仍然在他手中。」警察局局長說。

「這些情況是怎麼知道的？」迪潘問道。

「這是很明顯的，」警察局局長回答道，「這份檔案的性質比較特殊，一旦從偷走的人手裡傳出去，馬上會引起很不好的後果。也就是說，這個偷走檔案的人，想利用這份檔案策劃一些事情。但是目前為止，他還沒有太大的動作。」

「請你說得再清楚一點。」我說。

「這份檔案會使拿到它的人得到一種在一定場合下極有價值的權柄。」

這位警察局局長很愛好外交辭令。

「我還是不明白。」迪潘說。

「不明白嗎？好吧，如果檔案被透露出去，那就會使人們對一個地位極高的人的名譽產生懷疑，其生活和前途都會因此產生變化。」

見迪潘還是一副不明白的樣子，局長最終忍不住了：「這個賊正是D部長，他什麼都敢做，偷盜技巧幾乎不亞於他的膽大妄為。我剛才所說的這份文件，確切地說，是一封信。它是失主單獨待在皇宮內院時收到的。當時她正在仔細地看信，可是突然被人打斷了，另外一位大人物進來了，她特別不願意讓他看見那封信。當時她正打算把信塞到抽屜裡，可是又怕引起誤會，只好把那封信照原樣敞開著放在桌子上。儘管這樣，信封上面的位址、內容並沒有暴露，這封信也沒有引起那位大人物的注意。」

「正在這時候，D部長進來了，他那銳利的眼睛馬上看見了信，並認出了信封上的筆跡，他揣測到收信人的祕密。他辦了幾件公事，像平常那樣匆匆處理完畢，然後，他拿出一封信，跟不見的那封信差不多。D部長把信拆開來，假裝在看信，接著又把這封信放在靠近另外那封信的位置，又談起公事，大約談了十五分鐘。

最後，他告辭了，可是他掩人耳目地把桌子上的信掉包了，帶走了那封他無權佔有的信。這封信合法的主人看見了，可是，當著那第三者的面，她不敢做出其他舉動，只能裝作一切正常。」

迪潘說：「這就對了，盜信人和失信人都心知肚明這到底是怎麼回事。」

警察局局長回答道：「是的，D部長為了政治上的目的，前幾個月把佔有這封信的優勢運用到了十分危險的程度。這位失主越來越感到有必要把屬於她的信收回。可是，這不是她能夠公開去做的事。最後，她實在被逼得沒辦法了，就把這件事委託給我了。」

「因為沒有比你更精明、更能幹的人了。」迪潘說。

「你過獎了。」警察局局長回答。

「很顯然，」我說，「信仍然在這位部長手裡，信是他能威脅她的原因，但他也不敢輕易使用這封信，因為一經運用，他就會喪失很多威脅她的機會。」

「的確，」局長說，「我首先考慮要徹底搜查這位部長的旅館。在這一點上，使我為難的是，要做到天衣無縫，不能讓他知道我們在搜查他。因為一旦讓他知道我們的企圖，就很可能會產生危險的後果。」

「可是，」我說，「這一類的調查，你不是十分在行嗎？」

「哦，是的。正因為有這個能力，我不至於失去信心。這位部長的習慣對我而言是個十分有利的條件：他常常整夜不在家，僕人也不多。我有鑰匙，你也知道，巴黎的任何一間房、任何一個櫃子，我都能打開。」

「一連三個月，我沒有錯過任何搜查這家旅館的機會。每一夜都親自參加大部分搜查工作，因為我的名譽要緊。再告訴你一件十分機密的事，酬金的數目極大，所以我一直沒有放棄搜查。不過，最後我不得不佩服這個賊，他比我更加精明。在我以為凡是有可能隱藏這封信的角落，我都檢查過了，但一無所獲。」

「他會不會把信藏在別的地方了呢？」我提了個疑問。

「這個可能性不大，」迪潘說，「他必須讓信在他的可視範圍內，以備隨時可以派上用場，這是由皇家大事的特殊性決定的。」

「他需要隨時拿出檔案來嗎？」我問。

「也就是說，隨時把它銷毀。」迪潘補充。

「確實是這樣，」我說，「那麼這封信明明就是在他房子裡。至於這位部長隨身帶著這封信的問題，我們完全可以不必去考慮。」

「完全不必，」警察局局長說，「他曾經有兩次被洗劫，彷彿遇上了攔路的強盜，他本人是在我親自監督下經過嚴格搜查的。」

「你完全可以不親自動手，」迪潘說道，「這位D部長，我敢說，並不完全是個笨蛋，如果他不笨，那麼，他一定會預料到這類攔路洗劫的事為什麼會發生在他身上。」

「不完全是個笨蛋，」警察局局長說，「可是他是一位詩人，我認為這跟笨蛋沒有太大差別。」

「確實是這樣，」迪潘說，然後又深深地吸了一口菸，「不過我本人也問心有愧，寫過幾首打油詩。」

「可不可以詳細談談你搜查的具體細節呢？」我說。

「嗯，實際上，我們是慢慢進行的。我仔細搜查了整幢大樓的每一個房間。首先，我們檢查了每一套房間的傢俱，打開了每一個可能存在的抽屜，當然，如果有那種祕密的抽屜，肯定瞞不過我們。接著，我們檢查了椅子。對於軟墊，我們用細長針來刺探。對於桌子，我們把桌面拆下來了。」

「為什麼？」

「有時候，人們為了藏東西，會把桌子，或者其他形狀相仿的傢俱的面板拆下來；他們會把傢俱的腿挖空，把東西放在桌腿空洞裡，然後再安裝好面板。對於床架的柱子，也可以按同樣方式利用柱腳和柱頂。」

「不能利用聲音來查出空洞嗎？」我問道。

「這個方法不奏效，把東西放進去的時候，可以在它四周墊上一層厚厚的棉花。再則，我們這個案子要求在動手的時候沒有聲音。」

「可是你不能都拆開——你不能拆散屋裡所有可能存放東西的傢俱吧。一封信可以縮成一個小紙捲，或者捲成一根粗的織絨線針的形狀大小，這樣它就可以被塞到譬如椅子的橫檔裡。你們不會把所有的椅子都拆散來檢查吧？」

「當然沒有，可是我們做得更出色——我們用高倍顯微鏡檢查了旅館裡每一把椅子的橫檔，每個地方有什麼新近動過的痕跡，我們都能通過顯微鏡立刻檢查出來。」

「你檢查了房子周圍的地面了嗎？」

「所有的地面都鋪了磚，所以不是很麻煩。我們只檢查磚塊之間的青苔就行，發現都沒有動過。」

「你們當然查閱了D部長的檔案，也查過了他藏書室裡的書了嗎？」

「當然，我們打開了每一個包裹、每一本書，甚至每頁都翻過。我們還測量了每本書封面的厚度，計算得極為準確，對每一本都用顯微鏡百般挑剔地檢查過。」

「你們查過地毯下的地板嗎？」

「我們掀開了每一塊地毯，用顯微鏡檢查了木板。」

「還有牆紙呢？」

「查過了。」

「你檢查地下室了嗎？」

「我們查過了。」

「那麼，」我說，「你始終都估計錯了，那封信並沒有像你想像的那樣放在這幢房子裡。」

「我就怕被你說對了，」警察局局長說道，「那麼，迪潘，照你的意見，我應當怎麼辦？」

「徹底地搜查那幢房子。」

「那是絕對不需要的，」警察局局長回答道，「對那棟旅館，我比我的呼吸還有把握，信不在旅館裡。」

「我提不出更好的意見了，」迪潘說，「當然，你大概知道那封信的特點吧？」

「噢，當然。」說到這裡，警察局局長拿出一個記事本，向我們唸了那封被盜竊的信的詳細描述。唸完後，他便起身告辭了，精神比來時更加委靡不振，我從來沒見到他有過這樣沮喪的時候。

大約一個月之後，他又來拜訪我們，並且發現我們還是差不多像前一次那樣等待著。他拿起一支菸斗，搬了一把椅子，談起一些尋常的話題。最後我問：「哦，G先生，那封失竊的信有什麼進展嗎？」

「真見鬼，後來，我依照迪潘建議的那樣，又檢查了一遍，不過還是白費力氣。」

「酬金是多少？」迪潘問。

「噢，數目很大，我不必說究竟有多少，但是誰要能替我找到那封信，我情願開一張五萬法郎的私人支票給他。因為，新近酬金又加了一倍，可是，我還是找不到那封信。」

「噢，是這樣。」迪潘用他的海泡石菸斗深深吸了一口煙，然後慢吞吞地說：「我覺得你在這件事情上沒有全力以赴。你也許還可以再盡一點力。」

「怎麼盡力？在哪一方面？」

「嗯，在這個問題上，你可以聘請顧問，嗯？你記得他們跟你講的阿伯爾納采的事嗎？」

「不記得了，該死的阿伯爾納采！」

「確實！他該死，而且罪有應得。不過從前，有這麼一個闊氣的守財奴，他想出了一條計策，要記得這位阿伯爾納采說出他對一個醫學問題的意見。為了達到這個目的，他假裝在私底下把他的病情暗示給這位醫生。」

「我們可以假定，那位守財奴說，他的病徵是如此這般，然後就請教這個醫生的指導意見。」

「可是，」警察局局長神色有點不安，「我完全願意徵求意見，而且我真的願意付給任何人五萬法郎，如果他能在這個問題上幫助我。」

「照這樣看，」迪潘一邊說，一邊打開抽屜，拿出一個支票本，「你可以照這個數目給我開一張支票，等你在支票上簽了字，我就把這封信交給你。」

我大吃一驚，警察局局長也完全像遇到了晴天霹靂一樣，有好幾分鐘，他張著嘴，一動也不動地盯著迪潘，眼珠子好像要從眼眶裡掉出來了。後來，他恢復了些常態，抓起筆，又停了幾次，終於開出一張五萬法郎的支票，遞給了迪潘。

迪潘把支票仔細檢查了一遍，把它放在他的皮夾子裡。然後，他用鑰匙打開他那張有分類格子的寫字臺，從格子裡拿出一封信，把它交給了警察局局長。

局長抓住信，歡喜到了極點，用顫抖的手打開信，迅速地把信的內容瀏覽了一遍。然後，慌慌張張地起來掙扎著走到門口，終於顧不得禮貌衝出了這幢房子。自從迪潘要他開支票時起，他一句話都沒有說過。他走之後，迪潘向我作了一番解釋。

「巴黎的員警，」他說，「按他們辦事的方式來說，都是極其能幹的。他們堅持不懈，足智多謀，很狡猾，在業務上必須掌握的事情，他們無一不精通。所以，那天G先生向我們講述他在搜查旅館的事情時，我完全相信他。」

「他所採取的措施做得很完美，如果這封信曾經放在他們搜查的範圍之內，他們會毫無問題地找到這封信。」

「不過，這項行動的缺點在於，它對這個案子和這個人並不適用。這位警察局局長腦筋靈活，但是在處理案件時，總是會犯鑽得太深或者看得太淺的毛病。」

「揣摩對手時，要具備完全設身處地地體察對手的能力。」我接著說。

「從實用價值來看，這是關鍵，」迪潘回答道，「警察局局長和他那一幫人之所以經常失策，是因為他們根本沒有估計他們所要對付的人的智力。他們只考慮自己的主意有多巧妙，在搜查任何藏起來的東西的時候，只站在自己的角度想會以什麼方式來隱藏東西。」

「例如，在D部長這樁案子裡，警察局局長把他在長期例行公事中養成的那種或者那套習以為常的搜查原則變本加厲地運用起來。我們知道，普通人藏信，有把椅子腿鑽個洞，或者至少也總要放在什麼偏僻的小洞或者角落裡的可能。但D部長是普通人嗎？局長之所以失敗，是因為他推測這位部長是個笨蛋，他覺得會寫詩的人都是笨蛋。」

「可是D部長真的是一位詩人嗎？」我問道，「據我所知，他們家一共是兩個兄弟，兩個人在文才上都頗有名氣。我知道這位部長在微積分方面有學術論著，他是一位數學家，而不是詩人。」

「你錯了，我很瞭解他，他是兼而有之。作為詩人兼數學家，他是善於推理的，警察局局長沒有考慮到這點。」

迪潘繼續說：「我知道他既是數學家又是詩人，我的計畫是按他的智慧來編排的，而且考慮到了他所處的環境。我知道他善於在宮廷裡獻媚，同時又是一個大膽的陰謀家。這樣的人十分瞭解普通員警的行動方式，所以，他早就明白他為什麼會遭到攔路搶劫。」

「我又想，他必定也早就預料到他的住處要受到祕密搜查。他經常不在家裡過夜，就是一個詭計，故意讓員警有機會進屋搜查，以便早一點使他們深信那封信並沒有放在房子裡，而且他也達到了這個目的。」

「在警察局局長第一次訪問我們的時候，我跟他說，這樁奇案之所以使他十分為難，可能正是因為案情過於不言自明，你也許還記得他當時是怎麼狂笑的吧。」

「對，」我說，「他笑的樣子，我記得很清楚。」

「但是，我越是想到D部長敢作敢為、當機立斷的智謀，想到他如果打算把這份檔案放到最合適的時候用，我就猜測這份文件一定是放在他手邊的。而警察局局長又有明確的證據證明這封信並沒有藏在搜查範圍之內。我想，為了藏住這封信，這位部長必定經過深思熟慮，採取了極其高明的手段，索性不把信藏起來。」

「我拿定了主意，於是配備了一副綠眼鏡，在一個天氣很好的早晨，假裝很偶然地到D部長的旅館去拜訪他。我發現D部長正好在家，他正在打哈欠，懶洋洋地躺在椅子上享受美好的清晨。而且他跟平常一樣，裝出一副無聊至極的樣子。」

「為了對付他這一套，我說我的視力不好，並且為不得不戴眼鏡而感歎一番，裝作只顧和他談天說地，卻在眼鏡的掩飾下小心謹慎地把房間詳細察看了一遍。」

「我特別觀察了一下靠近他的那張大寫字臺。那上面雜亂無章地放著一些信和其他的文件，還有一兩件樂器和幾本書。我看不出有什麼可以引起懷疑的東西。」

「最後，我走到一個卡片架邊。那個架子是用金銀絲和硬紙板做成的，好看但顯得不值錢。架子上拴著一根骯髒的藍帶子，吊在壁爐架下方一個小銅疙瘩上晃來晃去。這個卡片架有三、四個格子，裡面放著五、六張名片和一封孤零零的信。這封信又皺又髒，差不多要從當中斷成兩半了，彷彿信的主人起初就想把它完全撕碎，可是想一想又改變了主意，就此罷手。」

「信上面有一個大黑印章，非常明顯地印著D部長的姓名的首字母，從纖細的字跡可以看出這封信出自女人之手。它被漫不經心地，甚至好像很輕蔑地塞在卡片架最上一層的格子裡。」

「我一看到這封信，立即斷定這就是我要找的那封。當然，從外表來看，這跟警察局長向我們宣讀的詳細說明完全不同。照局長說的來看，那封信上有一個小紅印章，印著S家族的公爵信章。但這封信印章又大又黑，印著D部長的姓名的首字母；同時，不見的信姓名地址開頭是某一位皇室人物，字體粗獷鮮明，而這封信是寫給部長的，字跡纖細。所以，一眼看過去，這封信和不見的那封信只有大小一致。不過，讓我懷疑的是，這封信太骯髒了，和D部長有條不紊的習慣自相矛盾，而且它被擺放的位置是那樣使人確信，這封信對D部長來說是沒有用的，但這一切足夠讓我懷疑了。我盡可能拖延這次拜訪的時間，一邊跟這位部長極其熱烈地高談闊論，一邊將注意力集中在那封信上。經過這樣的觀察，我把信的外表，以及它放在卡片架裡的方式都牢牢地記在心裡。」

「而且，我終於發現了一個支持我觀點的細節。在仔細觀察信紙邊角的時候，我看出邊角的損傷超過了應有的程度。信紙破損的樣子，彷彿把一張硬紙先折疊一次，用資料夾壓平，然後又按原來折疊的印子，朝相反的方向重新折疊了一次。發現了這個情況就足夠了，我看得很清楚，這封信翻了個面，好像一隻把裡面翻到外面的手套，重新添上姓名地址，重新加封過。於是我向D部長說了聲『早安』，並立即告辭，可是我趁D部長不注意時故意把一支金鼻菸壺放在了桌子上。」

「第二天早晨，我藉口拿回金鼻菸壺又去拜訪。我們又興致勃勃地接著前一天的話題談下去。可是，談著談著，我們就聽見緊挨著旅館的窗戶下面傳來一聲很響的爆炸聲，彷彿是手槍的聲音，接著是一連串可怕的尖叫聲和嚇壞了的人群喧鬧的聲音。D部長衝到一扇窗戶前，推開窗戶向外面張望。這時，我走到卡片架旁邊，拿起那封信，放在我的口袋裡，同時用一封外表一模一樣的信來掉包。那信是我在家裡先仔細地複製好的，並且仿造了D部長的姓名首字母。」

「我一拿到我要的東西立刻也跟著他走到窗口。街上的混亂是一個佩戴滑膛槍的人引起的，他在一群婦女兒童中間放了一槍。可是，員警經過查證，發現他的槍膛裡沒有實彈，就把這個傢伙當做瘋子或者醉漢放走了。他走之後，我們也從窗戶邊回來，不久，我便向他告辭了。而實際上，那個假裝瘋子的人是我出錢雇來的。」

「可是你為什麼要掉包，有什麼樣的目的嗎？」我問道，「如果你在第一次訪問時便悄悄地拿起信來就走，那豈不更好嗎？」

「D部長是一個窮凶極惡的人，」迪潘回答說，「而且非常沉著，假使我像你說的那樣輕舉妄動，我大概永遠不會活著離開D部長的旅館了。」

驚悚大師愛倫坡

Allan-Poe

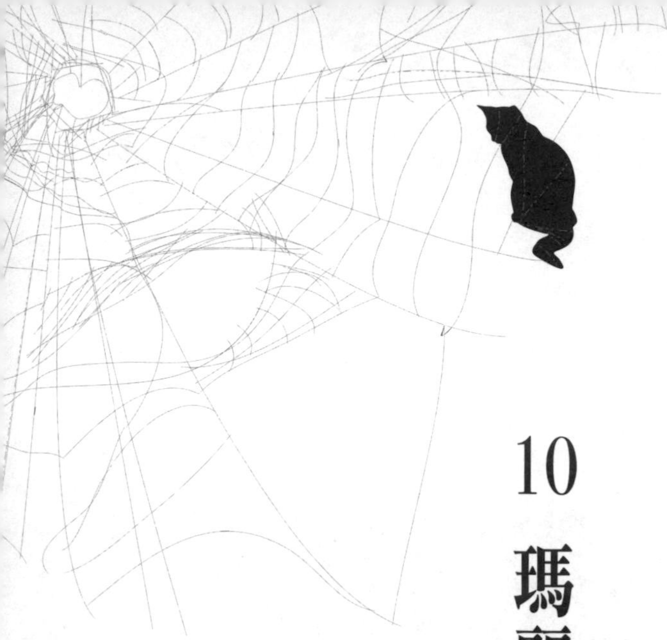

10 瑪麗・羅傑疑案

Allan Poe

01

一年前，我曾經在《莫格街兇殺案》中講述了我的朋友迪潘是如何通過細緻的觀察和縝密的思考破獲這起奇案的。而最近發生的種種離奇事件，卻使我不得不再次拿起筆將我這位朋友的破案經歷付諸文字。如果我不這樣做，實在不符合我的一貫風格。

迪潘破獲了莫格街的兇殺案之後，很快就將這一切拋到了九霄雲外，然後又像以往一樣終日沉浸於冥思神遊之中，而在這一點上我倆的愛好極其相似。我們依然住在聖日爾曼區的老房子裡，想將平凡的世界重新編織，讓一切都煥發出夢幻的光彩。

但是，我們的美夢總是被打擾，自從迪潘破獲了莫格街的兇殺案之後，他的名聲大振，受關注的程度也就越來越高。以他正直坦誠的性格，本來可以向公眾說明破獲案件的原因，但是生性懶散的他，不想作更多的解釋。這反而加重了外界對他的好奇，人們認為他擁有過人的分析能力和異乎常人的直覺，他也因此成了員警眼中的紅人。警方經常邀請他去破獲一些匪夷所思的案件，其中非常重要的一起，是一個名叫瑪麗・羅傑的少女被殺害的案件。

瑪麗・羅傑自幼喪父，跟隨母親艾斯黛・羅傑生活在聖安德列街。母親經營一家家庭旅館，瑪麗幫著母親照料生意。瑪麗長得非常漂亮，二十二歲的時候，她的美貌引起了一個香水商人的注意。這個香水商人叫那布蘭科，他在皇宮街地下室經營一家香水店，顧客大多是當地的投機商。那布蘭科想讓漂亮的瑪麗幫他賣香水，因為瑪麗的美貌一定會吸引更多的顧客。於是他找到了瑪麗，瑪麗聽完後欣然同意，但是她的母親艾斯黛好像不太樂意。

香水店的生意因為瑪麗的加入而更加興隆。瑪麗就這樣在香水店工作了一年多。一天，她突然失蹤了，沒有人知道她去了哪裡，那布蘭科一點線索也沒有，瑪麗的母親更是急得六神無主。香水店的顧客紛紛表示疑惑，鑒於事態的不斷擴大，警方準備介入調查。但是，一個星期之後，她突然又回到了香水店，除了有些憔悴外，沒有任何變化。母親問她去了哪裡，她說去鄉下的親戚家住了一週。

可能是為了擺脫人們對她失蹤的追問和議論，不久之後，瑪麗辭掉了香水店的工作。然而大約半年過去，瑪麗再次失蹤，眾人四處尋找沒有著落，親友們議論紛紛。

就在她失蹤的第四天，員警在圓木門附近的塞納河上發現了她漂在河面上的屍體。很顯然，這是一起謀殺。由於案件性質的惡劣，加上被害人生前的美貌，巴黎人對此事份外關注。警方也不得不抽調更多警力破獲此案。但是一星期過去了，案件毫無進展，於是警方在大舉篩查可疑人員的同時，懸賞一萬法郎緝拿兇犯。公眾對此案也保持著高度的關注。

無奈兩週過去了，案件依然毫無頭緒，警方只得將懸賞金額加至兩萬法郎。與此同時，警察局局長當眾宣佈，如果兇手不止一人，每抓獲一人懸賞兩萬法郎，還附加一個私人市民委員會追加的一萬法郎，總共三萬法郎，這樣的懸賞金額著實不低。

大家都以為這起案件很快就會水落石出，警方確實也逮捕了幾名嫌疑人，但是經過審訊，這些嫌疑人都和案件無關。案發已經三個星期了，案件依然毫無頭緒。謠言四起，我和迪潘也知道了這件事情。實際上，我們當時很少關注外面的事，七月十三日來訪的警察局局長是第一個向我們完整講述這一案件的人。

他和我們談到深夜，希望迪潘能夠幫助他破獲這起案件，畢竟這事關他的榮譽。當然，他也對迪潘卓越的偵探才能進行了一番恭維，並且提出了一筆優厚的酬金。

迪潘對局長的恭維並不在意，但他接受了酬金，即使對方說破案之後才能兌換。接下來，局長說出了自己對案情的看法，發表了一番長篇大論，迪潘則坐在他經常坐的靠椅裡，擺出傾聽的樣子。他戴著一副墨鏡，偶然順著墨鏡往上瞟一眼，不難看出，在口若懸河的局長面前，他睡得很香甜。第二天早晨，我去警察局調出了證詞的全部筆錄，又到各家報社取了一份刊載案件的報紙。除去那些不真實的消息，我將資料的內容進行了系統的整理。

02

從我整理的資料中可以看到：六月二十二日，週日，上午九點。瑪麗・羅傑出門，在門口遇見了雅克・聖尤斯達西——她的男友，也是她母親經營的家庭旅館的一名房客。她和雅克打了招呼，並且說自己要去德羅姆街的姑媽家住。

德羅姆街是塞納河附近一條狹窄而人口密集的街道。從瑪麗家到那裡，如果走近路，只有兩英里。雅克說好晚上接瑪麗回家，但是，天公不作美，下午下起了暴雨，他以為瑪麗會在姑媽家住一晚，所以沒有去接她。

晚上，年過七旬、體弱多病的羅傑太太念叨著：「再也見不到瑪麗了。」但是，她的話並沒有引起大家的注意。

週一，大家才發現瑪麗沒有去德羅姆街。一天過去了，大家仍然沒有她的消息，便四處尋找，直到她失蹤的第四天，才得知她的下落。

六月二十五日，週三，一個名叫博維的先生和朋友一起去聖安德列區附近的圓木門一帶尋找瑪麗的時候，聽說塞納河的漁夫發現水中漂著一具女屍。博維先生趕到後認定那就是瑪麗。他的結論也得到了隨行的朋友的認可。

溺水而亡者人多口吐白沫，但是這個死者臉上沒有白沫，而是滿臉汙血，有些是從嘴裡流出來的。這具屍體較易辨認，死者的皮肉尚未變色，頸部有青紫的痕跡和抓痕，腫脹得厲害。她的身上無刀傷，也無任何硬傷。已經僵硬的雙臂彎於胸前，左手微張，右手緊握成拳。左腕有明顯的繩索勒痕，右腕也有部分擦傷。背部傷痕遍佈，肩胛骨部分傷痕最多。漁夫們用繩子捆住屍體拖上岸，在這個過程中，屍體沒有因為打撈而增加新的擦傷。死者頸部被一條花邊帶子緊勒，在右耳下方結成死結。法醫鑑定，死者生前曾遭暴力強姦。

死者的衣服被撕破，外衣上有一道大約三十公分寬的口子，從臀部到腰間，但是沒有完全撕破。死者腰間被布條纏了三圈，布條在背後打結繫住。瑪麗麻紗質地的襯衣上有一道半米長的口子，撕得很均勻，撕下的布條綁在死者的脖子上，打成死結。麻紗布條和花邊帶子之間繫著一條根帶，連著一頂無邊女帽，帽帶上的結不是女人們常打的那種，而是水手常打的滑結。

認屍之後，屍體沒有按照慣例送至停屍房，而是在距離岸邊不遠的地方草草下葬。博維欲將此事掩蓋，但是，好幾天後有消息傳出，但是，一家報紙宣揚了此事，警方挖出屍體重新檢驗，沒有任何新發現，死者的母親也確認了她的身分。

隨著事情的發展，人們紛紛猜測。警方逮捕了一些嫌疑犯，但最後都放掉了，其中嫌疑最大的是雅克，直到他提供了不在場證明時才獲釋。時間一天天過去，案件卻陷入了僵局，各種推測開始出現，連新聞記者也開始分析，其中最引人注意的是瑪麗還活著，而死屍可能是別的受害者。我從《星報》上摘錄了部分內容：

> 六月二十二日早晨，瑪麗離開家時說是去德羅姆街的姑媽家，後來她就失蹤了。到目前為止，沒有人在她離開家之後見過她。雖然我們沒有證據證明二十二日九點後瑪麗還活著，但我們有證據證明，她在那天上午九點前還在人世。二十六日中午十二點圓木門附近發現了女屍。如果瑪麗是離開家三小時後就被棄屍，那麼也只有三天。如果瑪麗真的慘遭不幸，那麼兇手最早也會選擇在夜晚行兇，而不是光天化日下動手。
>
> 由此推出，如果河中的屍體確定是瑪麗，那麼浸泡時間最多不超過三天。但如此一來，瑪麗的屍體浮出水面一事就變得難以解釋。因為經驗證明，溺水者或因暴力致死者被拋入水中的屍體至少需要六至十天才會因屍體嚴重腐爛而浮出水面。而瑪麗的屍體浸入水中不足五六天，即使是採用外力強迫其浮出水面，也會重新下沉。那麼，屍體為什麼會違反自然規律，提前浮出水面呢？
>
> 如果死者遇害之後，直到週二晚上才被拋入水中，那麼兇手就可能在岸

上留下痕跡。但即便屍體是死後兩天才扔到河中，它也不可能在短時間內浮出水面。何況，如果是兇殺案，兇手為什麼不在屍體上繫重物？由此編輯推斷出：

屍體在水中泡了肯定不止三天，至少有十五天，因為屍體已經開始腐爛。接著，他的筆鋒陡轉，開始責難博維。文章說：博維是根據什麼判定死者就是瑪麗？他撕開衣袖後，就說發現了證明瑪麗身分的記號。

大家一般認為，他說的記號是疤痕之類的痕跡，實際上他只是摸了一下死者的胳膊，摸到了上面的汗毛——這太不可思議了。博維當天沒有回來，七點才捎信給羅傑太太。如果說瑪麗的母親因為年歲已高，悲傷過度，無法去現場辨認屍體，那麼她的其他親屬為什麼也全都沒去現場？

瑪麗的姑媽家好像什麼事也沒有發生，身為房客和瑪麗男友的雅克也是在第二天博維告訴他的時候才知道此事。人命關天，但大家的態度如此冷漠，讓人覺得匪夷所思。報紙著力渲染瑪麗親友的冷漠態度，暗示他們並不認為屍體就是瑪麗。這篇文章的寓意是：

有人對瑪麗失去貞潔指指點點，於是瑪麗就在親友的幫助下離開了本市。塞納河上的屍體和瑪麗很像，於是親友就借此事使公眾相信她已經死了。

但是《星報》的結論下得太早了，瑪麗的親屬實際上並不冷漠。羅傑太太年老體弱，再加上瑪麗去世的刺激，無法親自去現場。而雅克悲痛欲絕，神智混亂，博維只好委託別人照顧他，並且嚴禁他去認屍。此外，儘管《星報》說重新下葬是公家出錢，沒有親友出席瑪麗的葬禮，但事實並非如此。

後來《星報》又企圖將矛頭指向博維，說案情出現了轉折，因為Ｂ太太曾去過羅傑太太家，在門口巧遇博維先生。他對Ｂ太太說，待會兒會有員警來，什麼都不要說，他回來之後會處理。

《星報》由此推斷，博維肯定有不可告人的祕密。他是案件的核心人物，操縱著案件的發展。《星報》還舉出某位當事人的說法，說博維將死者的男性家屬排擠出此案，因此，他極力反對家屬看屍體。文中又舉例，說博維更像嫌疑犯。瑪麗失蹤的前幾天，有人拜訪博維的辦公室，而他不在。此人在門的鎖孔上發現了一朵玫瑰花，花上掛著寫有「瑪麗」二字的留言牌。

到目前為止，很多報導都認為瑪麗是被一群流氓所害，而《商報》卻有不同觀點，其主要觀點摘錄如下：

員警偵查的重點始終在圓木門一帶，這種偵查犯了方向性錯誤。瑪麗是一個很多人都認識的漂亮女孩，如果她走過了三個街區，而且是在人多的時候上街，一路上至少有十個人能認出她。而至今沒有報告顯示有人在她出門後見過她。只有一句「她說她要出門」的證詞，再沒有其他證據。而她的衣服被撕壞後綁在身上，打成死結，看起來就像是一個可以拎的包裹。如果兇殺發生在圓木門一帶，兇手沒有必要捆綁屍體。屍體在圓木門一帶被發現，也不能證明兇殺就發生在那裡。兇手將瑪麗捆綁起來，一直纏繞著她的脖子，可能是為了防止她喊叫求救，因此可以推斷，兇手沒有帶手帕。

就在警察局局長拜訪我們的前一兩天，新的證據推翻了《商報》的推斷。德魯克太太的兩個兒子在樹林裡玩的時候發現密林深處有一處帶腳蹬的石椅。他們發現石椅的靠背上有一條白裙子，而石椅上有一條絲巾，地上有踩踏的痕跡，附近的一些樹枝也被折斷，應該是搏鬥的痕跡。在樹林和河流中間，還發現了翻倒的籬笆，據此可以推斷出有人拖著重物經過此地。

週報《太陽報》對新發現作出了評論：

這些物品在那裡至少三、四週了，已經發黴，結成了黴塊。一些物品的周圍，甚至物品上都長了草。折疊式太陽傘的質地結實，裡面的絲線卻纏成一團，傘上已經發黴腐爛，一撐開就破了。矮樹叢上掛著的布條有十到二十公分長，一條是經過縫補的上衣衣襟，還有一條是從裙子上扯下來的。

因此，可以肯定地說，這裡就是凶案現場。有了這個重大發現，新的證據也浮出水面。德魯克太太說，她在靠近河岸的地方開了個小酒館，就對著圓木門荒郊。那一帶十分荒涼，每逢週日，成群的流氓就乘船過河，到那胡鬧。出事的那個週日下午三點鐘左右，一個年輕的女孩和一個皮膚黝黑的小夥子在酒館待了一會兒，就朝著密林的方向走去。德魯克太太注意到了女孩的衣服，尤其是她的絲巾。

兩人走後不久，那群流氓就來酒館大吃大喝，吃完了連錢都沒付，就沿著那對青年男女走的路離開了。天快黑的時候他們才回來，匆匆地乘船走了。傍晚，天剛黑，德魯克太太和她的大女兒聽到有女人淒厲的尖叫聲。後來，德魯克太太認出了密林裡發現的絲巾，也認出了那條裙子。

一個叫瓦朗斯的馬車夫也提供了證詞：出事的那週日，他看見瑪麗和一個皮膚黝黑的小夥子乘船渡過了塞納河。他認識瑪麗，所以不會看錯。密林中的衣物，經瑪麗的家屬辨認，確認都是死者的物品。

我和迪潘從報紙中收集了很多證據和資訊，除了上述內容外，還有一項重要發現：發現瑪麗的衣物不久後，瑪麗的男友雅克奄奄一息地躺在那個被認定為兇殺現場的密林中。他身邊有個標有「鴉片汀」的空瓶，他服了毒，還沒說話就死掉了。在他身上找到了一封簡短的信，信中說他深愛瑪麗，所以無法獨活。

03

迪潘看完我摘錄的材料說：「你肯定也能看出來，這個案子比莫格街兇殺案要複雜多了。雖然這案子的作案手段非常殘酷，但它仍是普通的刑事犯罪，因此，人們也認為這案子好破。其實，這才是此案不容易破的真正原因。

因為是普通案件，警察局開始認為不必懸賞，就可以破案。他們想像了很多兇殺方式和殺人動機。每種方式和動機都能說得通，於是他們理所當然地認為事情的真相就是其中的一種。但是，真正破案的時候就困難了。我認為，如果一個人想憑藉自己的智慧和分析獲得事情的真相，那麼他應該有獨到的見解。」

「我要問的不是『發生了什麼』，而是『發生的事情中，哪些是以前沒發生過的』，那些『不同尋常』的情況就是突破口。根據屍體的情況，我們不必為這是自殺還是他殺傷神。」

「有人認為死者不是瑪麗，警察局懸賞捉拿殺害瑪麗的兇手，咱們和局長的協議也是查找殺害瑪麗的兇犯。但是，我們都知道警察局局長的為人，如果咱們從屍體入手查，最後查出一個殺人兇手，但最後發現死者不是瑪麗；或者，假設瑪麗還活著，最後我們幸運地找到活著的瑪麗——無論哪種情況我們都不會領到酬金。所以，即使不為伸張正義，單從酬金考慮，我們也要先驗明屍體的身分，確認屍體是否是失蹤的瑪麗．羅傑。」

「《星報》的觀點對公眾的影響力很大，這家報紙也認為自己的觀點舉足輕重，但文中的結論不過是作者的一相情願。我們應該牢記：報紙的目的並不是想探尋事情的真相和原因，而是想樹立一種觀點，製造轟動，唯有探尋真相和製造轟動不矛盾時，報紙才願意探尋真相。如果只是提出普通的觀點，是不會引起大眾的注意的，只有觀點和常理大相徑庭，才會引起強烈的反響。推理和文學的相似之處在於驚人的論調會受到大眾的賞識。」

「我的意思是說，《星報》聲稱瑪麗還活著，是故意語出驚人，以吸引讀者。我們暫且不論它的觀點的前後矛盾之處，先來分析一下它的觀點。作者的首要目的是為了表明從瑪麗失蹤到發現浮屍，時間間隔很短，所以屍體不是瑪麗。作者故意將時間縮短，然後開始猜測：如果瑪麗真的慘遭殺害，那麼兇手應是很早動手，然後在午夜前拋屍河中，這是講不通的。為什麼講不通？兇手可能在那天的任何時間行兇。只要兇殺是在週日早九點到次日淩晨之間，兇手都有足夠的時間，在午夜前將屍首拋入河中。所以，作者的意思是，兇殺不是週日發生的。如果允許其這樣臆測，那麼就等於讓他瞎猜。」

「作者還固執地認為，如果瑪麗真的受害致死，兇手如果動手很早，那麼在午夜前將屍體扔入河中是不可能的，同時還認為，午夜之後依然沒有拋屍也是講不通的。這看似矛盾的話，卻不像報紙上說得那麼荒唐。」

迪潘接著說：「如果要駁斥《星報》的觀點，剛才的評論已經足夠了。

我們的任務是查出真相，《星報》作者的潛臺詞是：無論兇殺案發生在週日的白天還是晚上，兇手都不會在午夜前拋屍，我認為這觀點不對。」

「作者認為，河邊不是兇殺現場。其實，如果兇殺發生在河邊或者河上，那麼在那一天的任何時間，這都是最佳的方法。《星報》的作者認為，如果屍體是瑪麗，那麼屍體在水中浸泡的時間則非常短。他縮小了自己的推理範圍，以適應自己的需要。他接著說：『溺水者的屍體需要入水六至十天才會因為腐爛而浮出水面，即使外力強迫其浮出，也會重新下沉。巴黎其他的報紙都默認此說法，除了《箴言報》。它列舉了五六個實例說明溺水者屍體上浮不需要六至十天，不過，《箴言報》用了特殊例子反駁，所以對於《星報》提到的自然法則而言，那只是例外，因此《星報》的觀點依然很具說服力。」

「如果想駁斥《星報》的觀點，必須要探討其提到的這個自然法則，瞭解身體和塞納河的河水比重相當。正常狀態下，一個人身體的浮力等於其排水量。骨架小脂肪多的身體比骨架大脂肪少的身體比重輕。女人一般比男人的身體輕。河水的比重還要受到潮汐的影響，如果不考慮海水因素，在淡水中，也很少有人的身體會沉下去。落水者基本都可以浮出水面，只要他把自己全部浸於水中，這時身體的排水量足夠浮起自身。不會游泳的人最好採用在地面上走路的姿勢，頭儘量後仰，浸於水中，鼻子和嘴露出水面。這樣，人們便可以毫不費力地漂浮。」

「但是，人的體重和排水量很難保持平衡，如果借助一塊木頭的浮力，頭就可以完全探出水面。不會游泳的人在水中掙扎時，總是手往上舉，頭直接伸著，這樣鼻子和嘴都會沒入水中。此時如果掙扎著呼吸，水就會進入肺和胃，肺和胃裡本來都是空氣，一旦進水，重量就會發生變化，身體就會下沉。但是如果一個人骨架小脂肪多，那他就不至於沉下去。這類人即使淹死了，也依然能夠浮在水上。」

「屍體一旦沉入水底，就會一直在水裡，直到某種原因使其上浮。屍體腐爛是其中一個原因。因為腐爛會產生大量氣體，充斥在組織和器官之間，造成身體體積膨大，密度變小，所以屍體就會上浮。而又有很多因素會影響屍體的腐爛，季節、水的純度和礦物質含量、水流速度和水深，以及屍體本身的生前體溫、健康狀況等。這些因素中有的會加速屍體腐爛，有的則會減緩。」

「所以屍體需要多久能浮出水面，沒有定論。有時，一個小時就能浮上來，有時根本不會上浮。一些特殊的化學藥劑如二氧化汞，會讓屍體永不腐爛。除了腐爛外，胃裡的食物發酵，其他臟器類似原因的發酵也會產生大量的氣體，致使屍體因大量充氣而浮出水面。」

「弄清楚這個問題之後，我們就可以看《星報》的觀點了。作者說經驗證明，屍體要經過六至十天才能浮出水面的說法非常荒誕，因為無論是從經驗還是從科學的角度看都沒有這樣的定論。另外，溺水身亡者和暴力致死者是有區別的，作者雖然承認有區別，但是卻又把他們歸為一類。剛才，我已經說過溺水的人為什麼比水重。一個不會游泳的人，當他掙扎著把胳膊伸出水面，頭在水下呼吸，導致肺部空氣被擠走時，他才會下沉。而暴力致死後立刻拋入水中的屍體，不會掙扎和呼吸，因此對於這樣的屍體，自然法則是屍體不會下沉，等到屍體高度腐爛，就是肉在巨大壓力下完全脫離骨頭時，才會不見屍體。《星報》顯然忽略了這一事實。」

「《星報》的另一個觀點是屍體不是瑪麗的。因為作者認為，剛過三天的屍體是不會浮出水面的。但這具屍體是女人的，即使是淹死的，也可能沒有沉下去；如果沉下去了，也有可能在二十四小時內重新浮出水面。但是沒有人認為瑪麗是淹死的。如果她是被殺之後被扔入水中的，那麼隨時都有可能發現她漂在水上。」

「此外，《星報》又提出，如果死者遇害後在岸邊放到了週二晚上才扔下去，那麼岸邊就可以發現兇手的痕跡。這話乍一聽很難明白推理者的意圖，其實作者料到別人會駁斥他的觀點：屍體在岸上放了兩天，比沉在水中腐爛得還要快。他認為，如果這屍體在岸上放了兩天，腐爛得更快，那麼第三天才可能浮出水面。所以他指出，屍體並沒有放在岸上，因為如果放在岸邊，那麼就可以在附近發現兇手的痕跡了。屍體在岸上的時間長短，怎麼會增加發現兇手痕跡的可能性呢？你不明白，我也不明白。」

「這家報紙接著說：如果事情真的像大家所想的那樣，是兇殺案，那麼殺人兇手也太愚蠢了。棄屍居然不綁上重物，這思維是多麼可笑啊。包括《星報》在內，沒有報紙說這屍體不是兇殺致死，因為屍體上的暴力痕跡很明顯。作者的目的是想說屍體不是瑪麗，而不是說屍體的真正主人沒有被殺。根據案情，他的評論只能證明後面一點，即屍體身上沒有重物，兇手殺人棄屍的時候應當繫上重物，所以屍體不是兇手扔下水的。」

「《星報》證明了這一點，但根本沒有探究兇手是誰。而《星報》的論述又否定了自己剛剛承認的事實。」

「《星報》認為，打撈上來的屍體是一位被謀殺致死的女性，這不是作者唯一自相矛盾的例子。他總是不自覺地違背自己作出的推論。他的目的很明顯：儘量縮短瑪麗失蹤到發現屍體這一段時間的長度。為此他不斷強調，瑪麗出門後，就沒有人再看到她。他說：『我們沒有證據說週日九點以後的瑪麗仍在人世。』由於可見他的觀點很片面，他不該提出這個問題。如果真的有人在週一或者週二見過瑪麗，案發時間長度會大大縮短，根據他的分析，屍體是瑪麗的可能性也大大減少了。」

我們繼續分析《星報》對博維辨屍的看法。「關於胳膊上汗毛的描寫，《星報》顯然是隨口胡言，博維先生絕對不會一看胳膊上的汗毛就能確定死者的身分。《星報》寫到『每個人身上都有汗毛』的措辭極其含糊，這也正好暴露了他對證詞的篡改，證人一定說到了汗毛的特別之處。」

「《星報》還說：『她的腳很小——女人的腳都很小。她的吊帶襪不能成為證據，鞋也一樣。因為吊帶襪和鞋都是批量出售的，頭上的假花也是。博維先生指出，吊帶襪上的吊鉤是翻轉過來的，往下移了一些。這也說明不了問題，因為大部分女人都不在商店試吊帶襪，而是買回去之後再調整吊鉤。』」

「從這段文字很容易看出，作者沒有認真推理。如果博維先生發現了女屍的體貌特徵和瑪麗的一致，即使不考慮死者的穿戴，也可以確認死者的身分，而當他發現了死者胳膊上的特殊汗毛和瑪麗生前的一致，那麼就大大提升了辨認的準確性，汗毛特徵越明顯，準確性越高。如果瑪麗的腳小，而死者的腳也小，那麼死者是瑪麗的可能性就大大增加了。除此，死者的鞋子和瑪麗失蹤時穿的鞋子一樣，帽子上的假花和瑪麗失蹤時戴的假花是一樣的，這些東西雖然是批量生產的，但是和其他證據結合起來，就構成了確鑿的證據。證據可靠性的提升不是以加法的形式呈現的，而是以乘法的形式大大提升了。」

「吊帶襪本身沒有什麼，但是吊鉤翻轉了，瑪麗也習慣把吊鉤翻轉，這一點變得確鑿無疑。《星報》對吊帶襪的解釋，不過是為了繼續支援他的錯誤觀點。吊帶襪是有彈性的，翻轉吊鉤本身是不尋常的事情，因為自身有調節能力的東西，不需要外力提拉。瑪麗用翻轉吊鉤的形式收緊吊帶襪，肯定是因為某種特殊原因，所以吊帶襪本身就可證明死者是瑪麗。但確認死者是瑪麗，不是因為她的吊帶襪、鞋子，或者帽子上的假花，抑或是死者的體貌特徵和瑪麗相像，而是因為樣樣俱全。」

「《星報》的編輯從律師的閒談中拾人牙慧，而律師其實也不過是法庭的附和者。我想說的是，雖然有很多事物不被法庭承認可以作為證據，但只要能確認，就是最好的證據。法庭只講事物的普遍性，根據大家公認的規則辦事，而不講具體問題具體分析。」

「這樣的模式能夠在任何一段相關聯的時間內最大限度地獲取真相，但是對個別案件來說，這種模式反而會產生錯誤。至於懷疑博維先生那段，也不足為道。你已經調查了這位老好人，他有些愛管閒事，浪漫而且單純。這類人如果遇上點刺激的事情，就會舉止失當，因此會引起別有用心者的惡意中傷。從報刊摘錄中可以看出，博維和編輯細聊過幾次，他不顧及編輯對案情的觀點，而是堅持認為屍體就是瑪麗，這讓《星報》編輯大為惱火。」

「現在不管《星報》的觀點，單獨提一點：某人對某事很瞭解，他深信此事，卻說不出讓別人也相信的道理。辨認人的事情尤其如此，每個人都能辨認出自己的鄰居，但很少有人說出他辨認的理由。博維對自己的確認堅信不疑，這很正常，《星報》記者也不必為此惱火。」

「我覺得『浪漫而好管閒事』比『博維有罪』更適合解釋博維的行為。一旦接受這種『善以待人』的解釋，就不難明白，玫瑰花、留言牌上的『瑪麗』、『反對死者家屬看屍體，尤其是男性家屬』、囑咐B太太不要跟員警說什麼，以及『他決心獨攬此案，不想讓別人插手』之類的事。依我看，博維是瑪麗的追求者之一，而他想讓人們認為他們之間有密切而特殊的關係，至於瑪麗的母親及其他親人對瑪麗之死持冷漠態度的事情，如果他們認為屍體不是瑪麗的，那麼冷漠也很正常。但如果他們相信屍體是瑪麗的，還漠不關心就不合情理了。不過後來有關證據已經將《星報》的說法推翻，現在我們暫且認為屍體就是瑪麗的，繼續往下分析。」

在迪潘說話的空當，我插了一句：「你怎麼看《商報》的觀點？」

「《商報》的觀點是很引人注意的，與其他報紙的觀點相比，它的推論很尖銳，而且有一定的學術性，但是它推斷所依據的前提有兩處不準確的地方。《商報》想證明瑪麗是被一群流氓劫持，它認為瑪麗是個公眾人物，如果她走過三個街區，不會沒有人看到她，這應該是一個久住巴黎的人的觀點，他在用自己的知名度和瑪麗相比較，所以認為，瑪麗如果在街上走，也能遇到熟悉的人。如果作者的推斷正確，那麼前提是瑪麗也要像這位作者一樣，走的是自己熟人多的社區。」

「然而，瑪麗出門可能沒有這樣的規律。在她最後一次出門時，走的路線可能是她不常走的一條。《商報》作者認為瑪麗出門能夠被熟人認出的事情只能在特定情況下發生。我認為，如果瑪麗在某一時刻上街，從她家到德羅姆街的姑媽家，很有可能就是一個熟人都沒有遇到。這類問題就是：就算巴黎最有名的人，比起巴黎的總人口，他的熟人也只能算是滄海一粟。」

「《商報》的觀點看上去很有說服力，但一考慮到瑪麗的出門時間，它的說服力就大大減小了。《商報》上說，她離家的時候，正是街上人多的時候，其實並非如此。一般上午九點確實是街上人多的時候，但週日例外。週日的上午九點，大多數人都在家裡準備去教堂，每個安息日，從早晨八點到十點，城裡都格外冷清。十點以後街上就熙熙攘攘了，但九點的時候人卻很少。」

「還有一處可以看出《商報》觀察的紕漏。它說，兇手將死者的裙子撕下，綁到死者的下巴底下，然後繞到腦後。兇手這樣做的目的可能是防止她喊叫，然後推出『兇手是沒有帶手帕的』這一結論，應該就是想證明兇手是流氓中最下等的。然而，他說的這種人，即使不穿襯衣，也會總帶著手帕。近年來，就算十足的下流地痞也會隨身攜帶手帕。」

我問：「那麼《太陽報》的觀點呢？」

「此文的作者不過是把已經見報的那些觀點重新堆砌了一遍，他勤奮可嘉，卻沒有什麼獨到的見解。他強調凶案現場已經被找到，但這根本無法消除我對這一問題的懷疑。」

「現在需要看看其他的調查。首先，驗屍很草率，死者的身分可以確認，但還有很多問題需要調查。死者是否遭到過搶劫？她出門時有沒有戴珠寶首飾？如果戴著，那麼發現屍體時首飾還在嗎？這些問題都很重要，但是居然沒有這方面的證據。還有一些需要調查的重要問題，雅克自殺案也需要重新調查，雖然我不懷疑他和瑪麗的死有關，但還是要把事情調查清楚。他交給警察局的那份關於自己週日的行蹤清單是否說的是實話。如果所言全部屬實，那麼我們可以不調查他，但他自殺一事確實很可疑。但只要他在行蹤單上沒有說謊，即使案件和他有關聯，也不必下太大工夫調查他。」

「我認為，我們先不管案件的各種內部因素，先從週邊入手調查。在進行這種調查時，人們只注重直接證據的調查，而不顧相關的細節，這是錯誤的思路。法庭審理案件也只注重那些明顯關聯的查證和討論，而實踐和理論證明，真相多來自那些看起來無關緊要的細節。根據這個原則，現代科學把偶然因素納入了考慮範圍。人類知識的歷史表明，無數重大的發現都和那些微不足道的偶然事件密切相關，為了科學的進步，必須為偶然和機遇留足空間。人們已經承認意外事件也是基礎架構的一部分，機遇完全可以納入思考範疇，我們甚至開始用數學公式計算那些從未想像和預期過的東西。」

「我強調一下，真相大多來自細枝末節。這是事實，更涉及一些重要法則。在此案中，我會堅持這些原則，先不調查那些別人調查了好久，卻沒有收穫的重點線索，而是去研究相關的環境證據。你去核實雅克的行蹤清單，我再大範圍搜集一下報紙資料。這樣一來，我們弄清楚調查範圍，我廣收報紙資料之後，一定能找到調查的方向。」

04

我按照迪潘的建議，核實了雅克行蹤清單中的內容，發現雅克是清白的。同時，迪潘閱讀了更多的報紙，他給出了這樣的一份摘錄：

半年前，發生過一則轟動一時的新聞，主角就是這位瑪麗・羅傑。她從那布蘭科的香水店突然出走，但一個星期後，她又回到了店裡，只是面色憔悴些，當時的輿論也如現在這樣沸騰。後來，據那布蘭科和瑪麗的母親說，她只是去鄉下的親戚家住了一段時間。這件事很快平息了，她現在的失蹤可能和上次失蹤差不多，過不了一週，或者頂多一個月，她就會回來。

六月二十三日，《晚報》：

昨天一家報紙提到瑪麗小姐上次的神祕失蹤，很多人都知道，她是去找一名放蕩的海軍軍官。據分析，因為他倆吵架，她才回來的。這個軍官名叫洛塔利奧，現駐巴黎，但他不願公開自己的身分。

六月二十四日，《信使報》：

前天傍晚，本市近郊發生了一起性質惡劣的慘案。一位攜帶妻女出行的紳士雇六名在塞納河划船遊玩的青年送他們過河。船抵達對岸後，紳士一家離開，但半路上，女兒卻發現自己的遮陽傘掉在船上。她回去取時，遭到這夥青年的劫持，他們堵住她的嘴，將她載入河中強暴，後又送回岸上。目前警方正在全力追捕逃犯，我們相信很快就會有歹徒落網。

六月二十五日，《晨報》：

我們收到了檢舉信，指控滿納斯是強姦少女案的罪犯之一。最後調查發現，滿那斯先生無罪，由於檢舉信雖有熱心，但證據不足，本報不便刊登。

六月二十八日，《晨報》：

我們收到很多措辭不同，來源不同，但觀點一致的來信。他們普遍認為，瑪麗是被一夥星期日在塞納河一帶廝混的流氓殺害的。本報認為這些來信的推測可信，我們將陸續刊登部分來信。

六月三十日，《晚報》：

星期一，一名船夫發現了塞納河上漂著一艘空船，船帆置於船底。船夫便把這只船拖到了船舶辦事處。第二天，有人悄無聲息地將船取走，只有船舵還留在船舶辦事處。

讀過這幾則摘要，我覺得他們沒有什麼關聯，好像和本案也風馬牛不相及，便等迪潘對其作出解釋。

迪潘說：「摘錄的前兩條，是為了說明員警的粗心。據我所知，他們竟然還沒有去調查那位海軍軍官。但是，如果因為缺少證據，就認為兩次失蹤毫無關係，這多麼愚蠢。如果《晚報》所言屬實：第一次私奔後，情人之間發生爭執，導致瑪麗回家，那麼，現在我們不妨把第二次私奔（假設確實知道是私奔的話）看做是兩個人『重溫舊夢』，而不是新情人的出現。舊夢重圓的機率要遠遠大於新歡出現的機率，兩者所占比例大約為十比一。請注意這樣的事實：第一次失蹤和第二次相隔數月，與海軍軍艦出海週期相差不多。」

「那麼是否可以推斷：瑪麗的那個男友在第一次誘騙她時，因為軍隊任務而不得不中斷行動。於是，當他下一次靠岸，就趕緊繼續他的願望？你肯定在想，瑪麗第二次出走，不是私奔。當然不是，不過我們完全可以認為是未遂的私奔！除了雅克和博維先生，我們找不出公開追求瑪麗的紳士了。由此看出，約她的是個祕密情人，甚至她的大部分親戚都不知道此人。星期天上午，瑪麗確實和此人約會，她離家的那天，羅傑太太說『恐怕我再也見不到瑪麗了』這句預言性的話到底代表了什麼？」

「我們暫且不去想羅傑太太是否暗中支持了這項私奔計畫，但我們可以假設，瑪麗同意了祕密情人的計畫。可是，她離家時對別人說去看望姑媽，還讓雅克傍晚接她，這看上去和我們的假設大相徑庭。」

「我們可以仔細分析：瑪麗確實遇見了一個男人，並且在下午三點和那人去了圓木門一帶的荒郊。當她答應和那個男人在一起時，肯定會想到自己早晨跟大家說要去姑媽家，並且讓雅克傍晚接她的話。她也會想到，如果在約好的時間雅克找不到她，會是怎樣的驚慌和擔心。當時她肯定想到了這些，她不敢回去面對眾人的懷疑。不過，她如果決定不回去，那麼這種懷疑對她而言就不重要了。」

「我們不妨設想一下她的考慮：『我要見一個人，同他私奔，或者做一件只有我自己知道的事情。這件事情一定要有足夠的時間逃過追查。所以，我要讓大家認為我是去看姑媽了，並讓雅克傍晚來接我，這樣我就有足夠的時間。如果我打算回來，我就說要陪別人散步，讓雅克不用來接我，我天黑以前就回來。這樣一來，沒有人知道真相；萬一我要永遠不回來，或者幾個星期後回來，那麼，爭取時間也還是最重要的。』」

「從你摘錄的資料看，大眾普遍認為瑪麗是被流氓所害。在一定情況下，公眾的看法值得注意。當大家自發地形成某種一致的看法時，用的是直覺，直覺是天才的特性。在一百起案件中，有九九起我都會跟著大眾的思路往下走。但前提是，公眾的觀點沒有受到任何人指使。」

「此案中，公眾的觀點有些偏激。第三則消息中說有少女在塞納河上被強暴的慘劇，大家的觀點會受到此案的影響。瑪麗這個美貌的女子浮屍於塞納河當然會引起巴黎大眾的震驚，而且屍體上還有累累傷痕。兩起案件時間上的相近會直接誤導大眾的判斷。」

「但事實上，把一件暴行當做另一件幾乎同時發生的罪案的證據，能證明的不過是這次發生的跟上次有所不同。一夥流氓的惡行在幾乎同一時間、同一地點，用同樣的手段和器具重複一次，這簡直是奇蹟。而大眾卻受到這種情況的暗示，讓我們相信，這就是令人震驚的巧合！現在我們要先研究一下圓木門密林中的『兇殺現場』。」

「那密林雖然樹木茂盛，但距離公路不遠。密林裡有石椅，在上面發現了白裙子和絲巾，還有陽傘、一副手套和一條手帕，手帕上繡著「瑪麗・羅傑」。周圍的矮木叢枝條上掛著一條布條，地面有踩踏痕跡，灌木的樹枝有折斷，各種跡象都表明這裡發生過搏鬥。」

「儘管新聞界和公眾都認為這一重大發現足以證明此處就是兇殺現場，但是我們卻極有理由表示懷疑。如果事實如《商報》所說，真正的兇殺現場在德羅姆街一帶，那麼如果罪犯仍在巴黎，自然會因為害怕大眾關注正確的方向而膽戰心驚，按照一般思路，他會轉移大家的視線。因此，密林既然已經受到公眾懷疑，那麼兇手自然會把瑪麗的衣物放到那，轉移眾人視線。」

「《太陽報》認為，那些物證已經放了很長時間，但是沒有足夠證據證明這點。很多間接證據表明，從瑪麗失蹤的週日到小男孩發現這些物品，中間隔了二十天。」

「這麼長時間居然都沒有人發現它們？小男孩說，那些物品都發黴了，有的上面還長了草。這些顯然是小男孩後來的回憶。因為他們是把這些物品拿回家後才告訴別人的。應該注意到，案發於夏季，天氣潮濕悶熱，發黴很快，青草一天也能長出兩、三寸。《太陽報》的記者反復強調發黴，難道他不知道，黴是一種真菌，在二十四小時內就能迅速成長和枯萎嗎？」

「不難看出，《太陽報》提出這種物品在密林中已經至少三四個星期的理由不成立。另外，凡是對巴黎郊區稍有瞭解的人都知道，除非是很遠的遠郊，否則要找個僻靜的地方很難。就算是熱愛大自然的人，想在圓木門一帶找人跡罕至的場所也不太容易。城裡的下流人通常在週末的時候因為不用上班而湧向郊區，在那裡大肆酗酒、聚會、跳舞，就算是吵翻天了，也不會有人來管制他們。與其說他們渴望的是大自然，不如說渴望的是更放縱的條件。」

「在這裡，沒有人責難他們，他們可以盡情享樂。我說此話沒有添油加醋，這種情況很多人都見過。所以，我想說的是，在圓木門一帶的物品不可能至少放了三四個星期而沒有被人發現。」

「除此之外，還有一些理由讓人懷疑這個現場只是為了轉移大眾視線。我們比較一下發現物品的日期和第五則消息的日期：剛有人寄信給《晚報》，那些物品就被發現了，讀者來信的措辭和來源都不同，但內容竟驚人的一致——把注意力引到一夥流氓身上，把犯罪現場認定為圓木門一帶。」

「由於報紙的內容引導了公眾，那兩個小男孩後來發現了物證。我們繼續懷疑為什麼孩子們之前沒有發現那些物品？而小男孩家就住在附近幾十米遠的地方，他們每天都在林子裡玩，為什麼一直到三、四個星期之後才發現？我強調一下，那些物品如果放在密林中，一、兩天不被人發現都是怪事，何況將近一個月。所以，我認為，這些物品是相當晚的時候才放到那裡的。」

「我還有更有力的證據證明這些東西是後放的。這些物品的擺放方式中有明顯的人為痕跡，石椅上擺著裙子和絲巾，地上扔著陽傘、手套和手帕，手帕上還有瑪麗的名字。這樣的擺放自然是為了製造兇殺現場。但是，這片如此狹小的林地，人們在其中激烈搏鬥後，如果東西都扔在地上，被人踩踏過，反而像真的。而裙子和絲巾擺放在石椅上，就像是衣服架，這顯然是不合理的。」

「《太陽報》說，被矮樹叢扯下來的布條是十至二十公分長，這無意中道破天機。那些布條確實是被扯碎的，但是是人為的，而不是被樹叢扯下來的。荊棘只能把衣服掛出三角形的口子，而不能將這種質地的衣服扯成布條。只有相反方向的兩個力同時作用，才能把衣服撕成布條。僅憑荊棘的力量，不足以把衣服撕成布條，這只能算是小疑點。還有更明顯的一點，兇手既然謹慎地將屍體拖走，為什麼還粗心地留下這麼多證據？」

「我不想否認密林是兇殺現場的說法，這個密林可能發生過犯罪，或者，犯罪也有可能發生在德魯克太太的酒館裡。我現在要找的不是現場，而是兇手。我的推論就是想證明《太陽報》的結論是武斷的。還有，就是你可以順著一條自然的思路去考慮，進一步懷疑：這起兇殺是不是一群流氓幹的？」

「我們再來說法醫的驗屍報告。巴黎所有著名的解剖學者都在嘲笑法醫驗屍報告中關於流氓數目的結論。不是因為不可作如此結論，而是因為這樣的結論毫無依據。如果說這個結論沒有依據，那麼，就沒有充分理由作其他推論了嗎？」

「現在想想，報紙中說矮樹枝條被折斷『肯定是搏鬥導致』，這種混亂的場面顯示什麼？是一群流氓？但事實上也說明沒有一群流氓。如果一方是柔弱的女孩，一方是力量對比懸殊的一群流氓，那麼怎麼可能發生如此激烈的搏鬥，又如何能把現場弄得一塌糊塗？只要兩個流氓抓住女孩的胳膊，她就不能再動彈了。我不是想否定密林作為兇殺現場的可能，我是想否定團夥作案的可能。如果兇手只有一個人，那麼這些激烈搏鬥的痕跡倒可以解釋。」

「我剛才已經提到了現場物品的可疑之處。罪犯那麼愚蠢，留著這些證據讓人們發現，這本身就值得懷疑。同時，罪犯不可能是『偶然』將物證留在現場的。罪犯想到了轉移屍體，屍體腐爛之後，證據就會消失。但罪犯卻把比確認屍體更能說明問題的物證留在現場——死者的手帕。如果說這是偶然，那麼罪犯肯定不是團夥作案。」

「這種偶然只能發生在一個人身上：某人殺了瑪麗，林子裡只有他和屍體，這讓他膽戰心驚，他恢復理智之後，開始感到恐懼，因此自亂陣腳。罪犯單獨守著屍體，不知所措。他把屍體背到河邊，卻沒有能力把所有物證都一下子弄走。他心裡的恐懼不斷擴大，總覺得有人在盯著他，他不想再回到現場處理那些惱人的物品了，他只想逃走，生怕自己會遭到不測。」

「如果兇手是一群流氓，他們人多勢眾，膽大包天，就不會像單個作案者那樣嚇得魂不守舍。如果兩三個人還有可能發生疏忽，但四個人就不可能疏忽了。他們不會把任何證據留下，因為他們足以一次性處理完所有的證據。

從屍體的外衣上看，外衣有個三十多公分的口子，從臀部到腰間，在腰上繞了三圈，然後在背後打結扣住，這明顯是為了弄個提手拎屍體。如果是團夥作案，他們完全可以抓起四肢，沒有必要打結，因此，這件事顯然是一個人做的。」

「還有那段被弄到的籬笆和重物拖過的痕跡，如果兇手是一群人，他們可以毫不費力地把屍體抬過去，為什麼要留下拖痕呢？」

「我們來回顧《商報》的內容，它說：兇手將女子的裙子撕下了七十公分長，三十公分寬的一條，綁到下巴底下，繞到腦後，這樣做可能是為了防止她呼救。由此可推測，兇手沒有帶手帕。」

「我已經說過，下流地痞也會隨身帶手帕，更何況林子裡還有瑪麗的手帕。因此，兇手使用布條而不是手帕，說明他的目的不是為了防止喊叫。警方的證詞中說，布條是鬆鬆地綁在她的脖子上，打著死結。這句話雖然不清晰，但是和《商報》的觀點卻有所出入。布條雖然是麻紗質地，但是搓成一條，也可以成為結實的帶子。發現屍體時，布條確實被搓成這樣一根帶子。我的推論是：」

「單獨作案的兇手把帶子繫在死者腰上，提著屍體走了一段之後發現很費力——這時候他已經走了一段距離，也許是從密林到河邊的路上，也許是從別處。他覺得這樣太重，於是改提為拖。如果拖著屍體，就最好找個繩子綁住屍體。但是，從腰上解開打死結的繩子並不容易，所以他又從女子的衣服上撕了一條布條綁到脖子上，防止屍體滑落，這樣一路拖到河邊。兇手用這個不太合適的布條是因為此時已經沒有手帕了。換句話說，他此時處在密林和塞納河之間的路上（如果密林真的是現場）。」

「德魯克太太的證詞說，這群流氓大吃大喝後離開，都沒有付錢就順著那青年男女走的路走了，到天快黑時才匆匆過河離開。這時候，德魯克太太認為的『匆匆』不過是因為她痛惜那些被流氓白白吃掉的食物。而她既然說天快黑了，又何必強調匆匆呢？我說『暮色將至』是指夜晚還未到，而正因如此，德魯克太太才能看見流氓的行色匆匆。」

「但據說，德魯克太太和她的大女兒聽見女人尖叫的時候，天剛剛黑下來，也就是說天已經黑了。由此可見，德魯克太太聽見的尖叫聲是在這夥流氓離開這一帶之後。儘管很多證詞都能證明我說的觀點，但是沒有一家報紙，沒有一個員警注意到這些情況。」

「最後，我還有一個證據證明兇手不是一夥流氓。這個證據在我看來最有力。警方公佈了檢舉者重賞，自首者特赦的政策，如果這樁案子的兇手是下流地痞團夥，那麼就會有人出來出賣自己的同夥。他們中的任何一個人都有可能為了防止被其他人出賣而先下手。但直到現在都沒有人站出來洩密，這足以證明它確實是個祕密。也就是說，這個世界上只有一個或者兩個人知道兇殺案的事實，別人都無從知曉。」

05

「我們總結一下上述複雜的分析過程，結論是凶案現場有兩種可能：一種是在德魯克太太的酒館；另一種是圓木門荒郊附近的密林。」

「兇手是死者的情人，至少是一個與死者暗中有曖昧關係的人。此人皮膚黝黑，已經黑到能夠讓船夫和德魯克太太過目不忘。死者背後和帽帶的扣結都是「水手結」，說明兇手可能是一個海員。死者是容貌出眾的女子，但為人並不輕浮，因此，這位海員能和死者成為朋友，說明他不是一名普通的水手，各家報紙的讀者來信也說明了這點。但《信使報》中有關死者第一次私奔的消息，很容易讓人們認為這個海員就是當初引誘這位不幸的美女的『海軍軍官』。而這一點會令人產生聯想：他已經好長時間不露面了。」

「為什麼他不露面了呢？也被流氓團夥殺害？如果是這樣，那現場為什麼只有女孩的痕跡，如果發生兩起兇殺，一定會留下蛛絲馬跡，他的屍體呢？」

「在絕大多數情況下，兇手會用同樣的手段對待同案中的兩具屍體，但有人會猜測，可能他還活著，只是怕受到人們猜疑而不敢露面。這也屬正常，確實有人看到他和瑪麗在一起。不過這不能說明他殺害了瑪麗。一個無辜的人，首先想到的應該是跟警方說清真相，然後協助警方緝拿兇手。既然有人看見他和瑪麗在一起，並且乘船過河，傻瓜都知道，只有檢舉兇手才能洗脫自己的罪名。而在初始的那個週日晚上，他不可能證明自己的清白，又對兇殺案一無所知。如果他仍然活著，只有一種情況讓他不去報案。」

「我們用具體方法來探明真相。現在我們要先查查第一次私奔的細節，調查這位海軍軍官的全部歷史和目前的狀況，以及案發時他在哪裡。我們再仔細比較每一封寄給《晚報》說明兇手是流氓團夥的來信，按照文風和筆體同那些打算誣陷滿納斯的揭發信比較。」

「之後，再將這些信和那位海軍軍官的信件風格進行比較，還要盤問德魯克太太和她的兒子，以及船夫。弄清楚那個皮膚黝黑的人的長相和舉止。只要注意技巧，一定能問到有用的東西。然後去調查發現船的船夫，他肯定能把它認出來。最重要的是，船舶辦事處沒有張貼佈告，就有人來認領船隻，而且船是被人悄無聲息地取走的，連船舵都沒要。除非這個人和航運或者海軍有關，知道船舶的一切動態。」

「至於單個作案的兇手把屍體拖到岸邊，我剛才說他很可能有一條船，現在我認為瑪麗是被從船上扔下去的。兇手不會把她扔在淺水一走了之，死者背部的傷痕應該是船底擦傷的。屍體未繫重物也能證明此點，如果兇手在岸邊棄屍，自然會繫重物，而如果是在船上，他可能忽略了這點，等到了水中央時才發現屍體沒有繫重物，但他不願冒著被發現的風險去岸邊尋找重物，於是就把屍體投入水中。」

「兇手拋屍後就匆匆回到了巴黎僻靜的碼頭上岸，沒有繫住小船可能是他太著急，來不及。也可能是，他覺得把船留在碼頭會增加對自己不利的證據，他要逃離碼頭，同時也要小船離開，於是就讓它遠遠地漂走，但第二天早晨，他發現小船已經被人拾走，而且被拖到了一個他每天都要去的地方——很可能是工作需要。於是，他就把小船偷走，但沒有膽量找回它的船舵。現在只要找到這條無舵的小船，我們就能看到勝利的曙光了。這條小船會帶領我們走向殺人兇手，證據一環套一環地呈現出來，兇手也將現形。」

我聽到這些後不禁拍案叫絕，催促迪潘馬上行動。迪潘卻笑著說：「下面的事情，要交給我們尊敬的警察局局長了。」

這時，局長剛好來訪，我就迫不及待地讓他展開調查。他雖然半信半疑，但還是勉強按照「船、駕駛者、海軍軍官，以及軍官那天的行為」這個思路查下去，過程繁複，無須贅述，結果與迪潘的推斷分毫不差。兇手就是那名海軍軍官，迪潘也因此得到了警察局局長那筆不菲的酬金。

從此，我不再相信什麼超自然力量，我把一切都說成是巧合，我講的故事也能證明此話。我使用偶然性規律推斷事實，如果只重視表面證據，就有可能不得要領，如果過分注重細節，又有可能會推出連串的錯誤。

謎 07

驚悚大師：愛倫坡 I

作者　埃德加・愛倫・坡
編譯　江瑞芹
出版者　大拓文化事業有限公司
執行編輯　許軒民
封面設計　林鈺恆
內文排版　姚恩涵

總經銷　永續圖書有限公司
劃撥帳號　18669219
地址　22103 新北市汐止區大同路三段一九十四號九樓之一
TEL　(〇二)八六四七—三六六三
FAX　(〇二)八六四七—三六六〇
E-mail　yungjiuh@ms45.hinet.net
網址　www.foreverbooks.com.tw

CVS代理　美璟文化有限公司
TEL　(〇二)二七二三—九九六八
FAX　(〇二)二七二三—九六六八

法律顧問　方圓法律事務所　涂成樞律師

出版日◇二〇一八年十二月

Printed in Taiwan, 2018 All Rights Reserved
版權所有，任何形式之翻印，均屬侵權行為

大拓 Talent Tool ｜ 永續圖書 線上購物網 www.foreverbooks.com.tw

國家圖書館出版品預行編目資料

驚悚大師：愛倫坡 I / 埃德加・愛倫・坡著
; 江瑞芹編譯. -- 初版. -- 新北市 : 大拓文化, 民107.12
面 ;　公分. -- (謎 ; 7)
ISBN 978-986-411-085-8(平裝)

874.57　　107018136

TALENT Tool

大大的享受拓展視野的好選擇

大拓 Talent TooL

永續圖書線上購物網
www.foreverbooks.com.tw

謝謝您購買 驚悚大師—愛倫坡〈I〉 這本書！

即日起，詳細填寫本卡各欄，對折免貼郵票寄回，我們每月將抽出一百名回函讀者寄出精美禮物，並享有生日當月購書優惠！

想知道更多更即時的消息，歡迎加入“永續圖書粉絲團”

您也可以利用以下傳真或是掃描圖檔寄回本公司信箱，謝謝。

傳真電話：（02）8647-3660 信箱：yungjiuh@ms45.hinet.net

☺ 姓名：________ □男 □女 □單身 □已婚

☺ 生日：________ □非會員 □已是會員

☺ E-Mail：________ 電話：（ ）________

☺ 地址：________

☺ 學歷：□高中及以下 □專科或大學 □研究所以上 □其他________

☺ 職業：□學生 □資訊 □製造 □行銷 □服務 □金融
□傳播 □公教 □軍警 □自由 □家管 □其他________

☺ 您購買此書的原因：□書名 □作者 □內容 □封面 □其他________

☺ 您購買此書地點：________ 金額：________

☺ 建議改進：□內容 □封面 □版面設計 □其他________

您的建議：________

廣告回信
基隆郵局登記證
基隆廣字第57號

新北市汐止區大同路三段一九四號九樓之一

大拓文化事業有限公司收

請沿此虛線對折免貼郵票，以膠帶黏貼後寄回，謝謝！

想知道大拓文化的文字有何種魔力嗎？

- 請至鄰近各大書店洽詢選購。
- 永續圖書網，24小時訂購服務
  www.foreverbooks.com.tw
  免費加入會員，享有優惠折扣
- 郵政劃撥訂購：
  服務專線：(02)8647-3663
  郵政劃撥帳號：18669219